宮澤賢治、ジャズに出会う

奥成達

白水社

宮澤賢治、ジャズに出会う

装画・装幀＝唐仁原教久
デザイン＝大嶋貴子（ＨＢカンパニー）

目次

一　宮澤賢治とジャズ

ジャズを謳う

宮澤賢治にはすてきなジャズの詩がある。まず読んでみよう。

ぎざぎざの斑糲岩《はんれいがん》の岨《そば》づたひ
膠質《こうしつ》のつめたい波をながす
イーハトヴ第七支流の岸を
せはしく顫《ふる》へたびたびひどくはねあがり
まっしぐらに西の野原に奔けおりる
銀河軽便鉄道の今日の最終列車である
ことさらにまぶしさうな眼つきをして
夏らしいラヴスインをつくらうが
うつうつとしてイリドスミンの鉱床《こうしょう》などをかんがへようが
木影もすべり

種山あたり雷の微塵《みじん》をかがやかし
どしやどしや汽車は走つて行く
おほまちよひぐさの群落や
イリスの青い火のなかを
狂気のやうに踊りながら
第三紀末の紅い巨礫層《きよれきそう》の截《き》り割りでも
デイアラヂットの崖みちでも
一つや二つ岩が線路にこぼれてようが
積雲が灼けようが崩れようが
こつちは最終の一列車だ
シグナルもタブレットもあつたもんでなく
とび乗りのできないやつは乗せないし
とび降りなんぞやれないやつは
もうどこまででも載せて行つて
北国あたりで売りとばしたり
銀河の発電所や西のちぢれた鉛の雲の鉱山あたり
監獄部屋に押しこんだり
葛のにほひも石炭からもごつちやごちや

接吻《キス》をしようが詐欺をやらうが
繭のはなしも鹿爪らしい見識も
どんどんうしろへ飛ばしてしまつて
おほよそ世間の無常はかくの如くに迅速である模型を示し
梨をたべてもすこしもうまいことはない
何せ匂ひがみんなうしろに残るのだ
　この汽車は
　動揺性にして運動つねならず
　されどよく鬱血《うつけつ》をもみさげ
　……Prrrrrr Pir…………
　筋をもみほごすが故に
　のぼせ性こり性の人に効あり
さうさう
いまごろ熊の毛皮を着て
縄の紐で財布を下げた人が来ようが
そんなことにはおかまひなく
馬鹿のやうに踊りながらはねあがりながら
もう積雲の焦げたトンネルを通り抜けて

野原の方へおりて行く
尊敬すべきわが熊谷機関手の運転する
銀河軽便鉄道の最終の下り列車である

これは大正十五（一九二六）年に同人詩誌「銅鑼」（編集発行・草野心平）七号に発表された『ジャズ』夏のはなしです」と題された詩である。

この作品のほかにもう一篇、賢治にはほとんど同じ内容の「改稿」というのがある。そちらも読んでみよう。

ぎざぎざの斑糲岩《はんれいがん》の岨《そば》づたひ
膠質《こうしつ》のつめたい波をながす
北上第七支流の岸を
せはしく顫《ふる》へたびたびひどくはねあがり
まっしぐらに西の野原に奔けおりる
岩手軽便鉄道の
今日の終りの列車である
ことさらにまぶしさうな眼つきをして
夏らしいラヴスィンをつくらうが

うつうつとしてイリドスミンの鉱床《こうしょう》などを考へようが
木影もすべり
種山あたり雷の微塵《みじん》をかがやかし
列車はごうごう走ってゆく
おほまつよひぐさの群落や
イリスの青い火のなかを
狂気のやうに踊りながら
第三紀末の紅い巨礫層《きよれきそう》の截《き》り割りでも
ディアラヂッド(ママ)の崖みちでも
一つや二つ岩が線路にこぼれてようと
積雲が灼けようと崩れようと
こちらは全線の終列車
シグナルもタブレットもあったもんでなく
とび乗りのできないやつは乗せないし
とび降りぐらゐやれないものは
もうどこまでも連れて行って
北極あたりの大避暑市でおろしたり
銀河の発電所や西のちぢれた鉛の雲の鉱山あたり

ふしぎな仕事に案内したり
谷間の風も白い火花もごっちゃごちゃ
接吻《キス》をしようと詐欺をやらうと
ごとごとぶるぶるゆれて顫《ふる》へる窓の玻璃《ガラス》
二町五町の山ばたも
壊れかかった香魚《あゆ》やなも
どんどんうしろへ飛ばしてしまって
ただ一さんに野原をさしてかけおりる
　本社の西行各列車は
　運行敢て軌によらざれば
　振動けだし常ならず
　されどまたよく鬱血《うつけつ》をもみさげ
……Prrrrr Pirr!……
心肝をもみほごすが故に
のぼせ性こり性の人に効あり
さうだやっぱりイリドスミンや白金鉱区《やまこ》の目論見《もくろみ》は
鉱染《こうせん》よりは砂鉱の方でたてるのだった
それとももいちど河原峠や江刺堺《えさしさかい》を洗ってみるか

いいやあっちは到底おれの根気の外だと考へようが
恋はやさし野べの花よ
一生わたくしかはりませんと
騎士の誓約強いベースで鳴りひびかうが
そいつもこいつもみんな地塊《ちかい》の夏の泡
いるかのやうに踊りながらはねあがりながら
もう積雲の焦げたトンネルも通り抜け
緑青《ろくしょう》を吐く松の林も
続々うしろへたたんでしまって
なほいっしんに野原をさしてかけおりる
わが親愛なる布佐機関手が運転する
岩手軽便鉄道の
最後の下り列車である

これは「岩手軽便鉄道　七月（ジャズ）」と題された詩で、この改稿された作品は、『春と修羅第二集』に収録されている。とはいえこの詩集は『心象スケッチ　春と修羅』（大正十三年刊）に続く〈第二集〉として刊行が計画され、自身による〈序〉の草稿まで書かれていながら、結局未刊のままに終わった幻のものである。

改稿とはいうものの、二篇はほとんど同じ時期に書かれていたことが、記録の日付でわかる。発表された初稿では最終行が「銀河軽便鉄道」とあり、このとき賢治の頭の中には未完の童話「銀河鉄道の夜」がすでにイメージされていたはずだ。

疾走する蒸気機関車の姿を描きながら、まさに「ジャズ」演奏の流れそのものをリズミックに描いた名作のジャズ詩だといえるだろう。

童話「シグナルとシグナレス」の冒頭の歌、「ガタンコガタンコ、シュウフツフツ」に比べれば、同じ岩手軽便鉄道なのに、列車はかなり高速に走っているように感じられる。それでもいまの列車のスピードとはまるで比べようもない。せいぜいローカル電車ほどの速度である。

デキシーランド・スタイルの、あのゆったりのんびりした明るいジャズの軽快さに、ちょうどピッタリの詩である。

詩一行一行は後ほどゆっくりと鑑賞することにして、それよりも賢治は、いつ、どこで、この詩に描かれた魅力的な「ジャズ」音楽と出会ったのだろうか？　まがりなりにも日本で「ジャズ」という言葉が一般的になってきたのは、昭和の初めごろになってから、あの「モボ・モガ」時代（昭和二〜三年）ぐらいからであるといわれている。その数年前の大正十四年に、賢治はすでにジャズを知っていた。

花巻にいたはずの宮澤賢治が、いつ、どこでジャズと出会い、聴いて楽しんでいたのだろうか。

東北が生んだ三人の文学者といえば、石川啄木（一八八六〜一九一二）、太宰治（一九〇九〜四八）、宮澤賢治がすぐあげられる。いうまでもなく宮澤賢治は「銀河鉄道の夜」や「雨ニモマケズ…」の詩で知られた童話作家であり、詩人である。しかしそれだけではなく、音楽、絵画、演劇、さらに地質学、天文学、生物学、学校での教鞭、宗教活動、そして自ら農民でもありつづけた、とても文学の枠だけでは収まりきれない人間である。

賢治のこうして培《つちか》った世界と精神が、いまも（いまになって、さらに）人々を捉えて離さない。賢治が「イーハトーヴ」と呼んだ、心の中の夢の世界に、皆いつのまにか魅入られてしまうのだ。

イーハトーヴ、イーハトブ、イーハトーボ、イエハトブ。宮澤賢治は作品の中でさまざまな表現をしているが、これはエスペラント語で岩手県をいい換えたものだという説や、「岩手（イハテ）」から発想したものだろうとか、実はドイツ語の「イッヒ・ヴァイス・ニヒト・ヴォ（どこにあるのかわからない）」から来ているのだという説さえもある。

賢治は特にドイツ語、英語、そしてエスペラント語を熱心に勉強していたようだ。芸術家、科学者、宗教家の「三つの世界観が互いにせめぎあい、かつ励まし合って出来たのが賢治の作品世界。二十一世紀に足を踏み入れるには、三つの世界観が一つに融合することが絶対的な条件」と述べていたのは井上ひさし氏である。

宮澤賢治が、当時最先端の原子分子論などが書かれた『化学本論』（片山正夫）を法華経とともに座右の書とし、両方をまったく矛盾なく信じるところとしていたことはよく知られている。十八歳で入信し、日蓮の教えを報じる「国柱会」にも加盟、生涯熱心な信者でありつづけた。「雨ニモマケズ…」の詩行の末尾にも「南無妙法蓮華経」の文字が大書されていた。

そんな賢治が、これほど明るい魅力的なジャズの詩を書いていた。それもごく初期の、まだ一般的に「ジャズ」というものが広く世に出る前の時代に書かれたのが、まず驚きである。

『日本のジャズ史』（内田晃一　スイング・ジャーナル社）の「日本のジャズ史年表」を広げてみると、明治四十二（一九〇九）年四月、「日本橋三越少年音楽隊設立さる」という一行から始まっている。

この少年音楽隊は、デパートの宣伝活動のために集められた、いわばプロの楽団員の養成所でもあり、店内での演奏ばかりではなく、各地にツアー出張もして演奏会を開いていたようである。とはいえ、ここですでにジャズが演奏されていたわけではない。

大正十二（一九二三）年、日本最初のジャズバンドといわれている「ラフィング・スターズ」（笑う星々）を結成した井田一郎（ヴァイオリン）も、もともとはこの三越少年音楽隊の出身だった。

日本のジャズ界の、まさに草分け的存在とされるトランペッター・南里文男（一九一〇〜一九七五）も、やはり同じように大正十二年に結成された、こちらは大阪・髙島屋の少年音楽隊の出身である。ついでにいえば、作曲家・服部良一は、大阪・出雲屋少年音楽隊の出である。

演奏はおもに、屋上にあった演芸場と、大食堂のホールで行なっていたが、近くの中之島音楽堂や、松竹座などにも出張して演奏することもあったらしい。時には「山田耕筰、近衛秀麿の指揮で演奏したこともある」（大阪髙島屋資料館）とあるが、演奏の中心はほとんどクラシックの歌劇や舞踏音楽だったようである。

日本にジャズが輸入される以前、つまりそもそも日本に西洋音楽というものがどのように入ってきたのかをさかのぼってみると、その様子がうかがえてくる。

明治十六（一八八三）年竣工の、かの「鹿鳴館時代」では、なんと陸海軍の軍楽隊がポルカやワルツ、マズルカなどの伴奏をして、ようやく舞踏会が開かれていたのだ。

大正三（一九一四）年、ドイツから帰朝した山田耕筰が、帝国劇場で自作の交響曲や、ワグナー作曲の「ローエングリーン」（あの〈結婚行進曲〉の入った歌劇）を指揮する。そのときのオーケストラ（三管八十人の大編成）は、海軍軍楽隊・東京派遣所全員、宮内省楽部、東京音楽学校・職員、そして三越少年音楽隊の大合同だった。

いわば日本の洋楽の初期のほとんどがここにかき集められ結集、参加していたことになる。つまり、そうでもしないと、このころにオーケストラなど、まだとても成立しえなかったのである。

もう一つのコース、別の西洋音楽輸入への流れがある。それは明治時代の「バンド屋」の登場が、日本のジャズの生い立ちには欠かせない、ミュージシャン（バンドマン）誕生の歴史の重要なきっかけの一つになるはずである。

「バンド屋」とは、明治初年にできた「市中音楽隊」のことだ。六、七人から十人ほどがひと組になって、サーカスやパノラマ、商店の宣伝や園遊会、運動会などにやとわれてマーチやポルカ、ワルツなどの演奏をしていた。

市中音楽隊は、略称「ガクタイ」（楽隊）と呼ばれていたのだが、その演奏のスタイルが、やたらにシンバルを叩き続け、それが「ジンタッタ、ジンタッタ」と大きく聴こえてくるので、市民たちはそのうち「バンド屋」とは呼ばなくなり、「ジンタ」と別名で呼ぶようになった。

そう、あの「ジンタ」である。

そしてこのジンタの代表曲ともいわれている曲が、かつて日本のサーカスのテーマソングだったともいえる「美しき天然」（天然の美）である。

これは以後、昭和三十年代になってからのぼくらの子ども時代にまで、ずうっとそのまま続いていた。ちょっとテンポの遅い三拍子のワルツが、どこか当時の哀愁の漂うサーカス（昔は、曲馬団ともいっていた）のイメージを形づくっていたように思う。ジンタの全盛期は、日露戦争（一九〇四～一九〇五）後というから、明治三十九年ごろになる。

六、七人の編成はクラリネット二人、コルネット一人、バリトン一人、トロンボーンまたはベース一人、大太鼓一人、小太鼓一人ぐらい。大人数のになるとフルートが入り、アルトが入り、サキソフォーンが入る。園遊会、運動会、大々的広告行列のごときは十数人のジンタを用い、その他は少人数のであったが、楽士は広告屋なり楽隊の元締めなりへの申込みによって大人数のでも少人数のでも、上手なのでも並のでもが派遣されたのである。

ジンタにおいては大太鼓（通称「ゴロス」、陸軍軍楽隊で用いていたフランス語の名称 Grosse Caisse の略）と小太鼓（通称「ケース」、これも陸軍の名称 Petite Caisse の略）が絶対必要で、この二人はトライアングルやタンブリンも受け持ってにぎやかにリズムを叩き、クラリネットとコルネットとバリトンとが旋律を吹いた。他の楽器の加わるような大編成ではアルトやベースが和声《ハーモニー》を吹いていたのであるが、はたして原作どおりの和声《ハーモニー》であったかどうかは知らない。ただし大編成の場合は楽譜を見て奏したのだから、それほど出鱈目《でたらめ》ではなかったろうと思う。

しかしだいたいにおいて和声《ハーモニー》なしで、その代りにジンタ一流の装飾音をふんだんに付けて奏せられるのだ。この装飾音は後代のジャズ音楽におけるブレーク Jazz Break のごとく即興的な付加であって、この装飾音いかんで演奏者のウデがわかるといったわけであったらしい。達者な楽士が興に乗じて吹く装飾音は言語に絶する壮快なものであった。（堀内敬三『夢の交響楽』草原書房）

やっぱり名人はちゃんといたのである。当時の相場では十八人一組、一日三十五円。六人組一日十二円だったそうだ。

「セロ弾きのゴーシュ」と活弁の時代

しかし大正時代に入ると、このジンタは、やとう側の不況も手伝って、たちまち凋落《ちょうらく》していく。腕のいい楽士は仕方なく、より大きい管弦楽団に入るか、新しく起こった活動写真の伴奏音楽へと走った。映画のことを明治から大正の中ごろまで「活動写真」と呼んでいた。「動く写真」だから活動写真である。

それは「活弁」の時代の始まりでもあった。

映画は一九三〇（昭和五）年代に入るまで、すべてサイレント（無声）であった。無声映画の時代には、活動写真のストーリーの解説をする弁士を「活動写真弁士」、略して「活弁」と言っていた。西村楽天、生駒雷遊、そして徳川夢声など活弁の人気スターまで生まれている。賢治の八歳年下の弟、宮澤清六氏の「映画についての断章」（『兄のトランク』筑摩書房）の中に、次のような思い出が描かれている。


私がまだ四歳くらいで明治四十年のころのことです。はじめて兄と一しょに活動写真を見に行ったのは、花巻の朝日座という芝居小屋でした。

そこで、生れてから初めて舞台に張られた白い幕の上に見たものと、どこからか湧き出して来る不思議な音にわたくしはすっかり憑かれてしまったのでした。（中略）

——活動写真というものはいつでも雨が降っているものだ——

と私は子供のときは思っていました。今の時代から考えますと変なことだとお考えでしょうが、それは私どもの田舎町に来るまでに、フィルムはすっかり傷だらけになって了って、どの画面も大雨が土砂降りという具合で、そのフィルムの傷の大きいものが、ピカピカ光ることが私にもわかって来たのでした。四歳のころに初めて見た、写真の上から光るものが降ってきたと見えたのは、多分その傷だったのでしょう。また、そのころの映写機の雑音が、大雷雨の音とそっくりでもあったのです。

その画面の下で青くうねっていたのは確かに海の波で、今考えますと海のありふれた実写で、恐らくはその頃にフィルムを青く染める技術が可能になった初期のころのものだったのではないかと思うのです。

また、天の楽が底の方から湧いてきたと思ったものは、その海の伴奏に舞台の横の格子の中で、クラリネットと小太鼓とトランペットぐらいの楽器で、それもあまり上手でなく、「天然の美」などの曲を静かに演奏していたのでしょう。それが私には雑音と一しょに玄妙な楽音ときこえて、呆然としたというわけです。（後略）

さらに、

――活動写真というものは、同じことを繰り返すものだ――

とも思っていました。

これは言うまでもなく、音楽や劇や映画が同じテーマを繰り返すことが本質的に重要な点でもあると言われていますが、私がここで言っているのは全く別の意味なのです。

田舎町にそのころ興業のために持ってきたフィルムは、当時はなかなかの貴重品で、一晩の興業には時間があまるので、一度映したものをまた繰り返して見せたり、フィルムを襷のようにつなぎ合わせて、何回もぐるぐるまわして見せるので、同じ場面が何回も出てくるものなどのことを言っているのです。

私たちにとってもまた兄の賢治にとっても、一年の間に何回かしか見られず、この変なにおいの朝日座という小屋で摺り切れかかった映画を繰り返して見せられることが、どれほど楽しく貴重な時間であったかを、今の若い人たちにわかって貰うことは容易のことではないと思うのです。
(後略)

ともある。

年齢を照らし合わせてみると、このとき、賢治はまだ小学校六年生のはずである。

清六氏のこの文からは、あまり上手だとはいえない、オーケストラ・ボックスの楽士たちが、画面の活動写真に合わせて演奏している様子が目に浮かんでくるようだ。

賢治の童話の「セロ弾きのゴーシュ」も、町の活動写真館にチェリストとしてやとわれていた。そして、楽団の中でも特別下手くそだといつも楽長にののしられ、いじめられていた(そういえば、ゴーシュとは、フランス語で「下手くそ」という意味である)。

しかも清六氏と賢治が見ていた映画の伴奏曲は、まさにその「天然の美」だった(清六氏の別の文の中では、もう一曲「天国と地獄」のことが取りあげられているが)。

この「空にさえずる鳥の声……」と歌う「天然の美」という曲は、じつは明治三十五(一九〇二)年に創立された佐世保女学校の愛唱歌としてつくられた、れっきとした日本製なのである。それがなぜ、いつから活動写真やサーカスのテーマソングのようにまでなってしまったのだろうか。

やはり日本の都市生活者に、とにもかくにも西洋音楽をなじませていく役目として、いかにジンタの役割が大きかったか、という証拠品のような曲だからであろう。つまり日本の音楽が、少しずつこれまでの三味線中心から、クラリネット、コルネット、トロンボーン、フルートやサキソフォンという洋楽器に移行していったころに、ちょうどその中身が次第に西洋化してきたサーカスや、輸入された活動写真のフィルムの伴奏として、「天然の美」がぴったりだった、というわけであった。

（前略）大正のころになってから、サーカスと競って人気のあったのが、まだ珍しかった活動写真で、それが毎年朝日座にかかったのでした。

ところが朝日座に田舎回りの芝居などがかかったときは、広場に巨きなテントの小屋がつくられて、にぎやかな楽団と大きな旗やペンキの看板が客を誘い、殊にも露天の映写台のアセチレンの青白い光が沢山の客を集めたのでした。赤や青の色とりどりの服を着た楽師や、フロックコートに素敵なネクタイをつけた映写機をまわす技師などを見ますと、私たちも見ないでは居られなかったのですが、祭に来た活動写真はもうフィルムがすり切れて、何回も画面がまっくらになるようなのです。

それでも大抵は大入り満員で、テントの小屋が一杯になって、何回も追い出しをかけられ、また新しい客を入れるのでした。小学生の賢治はこの頃の思い出から後年沢山の作品や童話を書き、「祭りの晩」や「黄色のトマト」などが生まれたのです。（『同』）

この「テントの小屋」の「にぎやかな楽団」が、ほかにどんな曲を演奏していたのだろうかを、もうちょっと詳しく知りたいところであるが、とにかくこの「天然の美」が、明治、そして大正へと、西洋音楽が新しい時代に入っていく、その「西洋化」の境界を代表する街の名曲だったことだけはわかる。

ぼくらの子ども時代、つまり昭和三十年代に街にやって来ていたテント小屋のサーカスも、いまだにテーマソングのように「天然の美」を演奏していた。少しは昔よりも腕のほうは上達してきていたのかもしれないが、それにしてもいかにもジンタふうの、いかなる名曲を演奏していてもジンタッタ、ジンタッタと間の抜けた三拍子のように聴こえていた。しかしぼくには、それでもちろん充分だったし、サーカスの音楽とはいつもこういうものなのだとずっと思っていた。

大正十二年のころ、兄と一しょに浅草の映画館に入ったことがありました。午後四時ごろだったでしょうか。ロン・チェニーの主演で「ミラクルマン」という映画でしたが、兄は欠伸《あくび》ばかりしています。

きっとロン・チェニーの大げさな演技や、ストーリーが気に入らないのだろうと思っていますと、「今日はこれでもう四館目だからなあ」ということでした。そのころ来ていた洋画の瑞典《スエーデン》のシェストロムや、独逸のルビッチ、仏蘭西のアベル・ガンスの監督したものなどを見たくて探し回っても仲々思うようなものにあたらないで、がっかりしていたのだったのでしょう。

その後、賢治はルビッチやムルナウの監督した、エミール・ヤニングスのものを何篇か見たとみえまして、「エミ・ヤンはなかなかいいもんだよ。エミ・ヤンを一しょに見に行こう」なんて言って、花巻の朝日座で彼のセロを弾いている映画「肉体の道」を見に行ったことがありました。このときも兄は何も言わないで沈黙していたことを覚えています。（『同』）

エミール・ヤニングス（Emil Jannings）主演の「肉体の道」（The Way of All Flesh）は、一九二七（昭和二）年公開のアメリカ映画。サイレントでモノクロ。上映時間九四分。この映画でヤニングスが、チャップリンをおさえて、第一回（一九二九年）のアカデミー主演男優賞に輝いている。

またこの映画の中では、その賢治の好きだったエミ・ヤンことエミール・ヤニングスが、自らチェロを弾くシーンがあるらしい。

しかし映画はサイレントなのだから、当然代わりに映画館の楽士が、その映画のシーンに合わせてチェロを奏でたはずである。いったいどんな曲を、どうやって弾いてみせたのか。「このときも兄は何も言わないで沈黙していた」そうだ。

映画館に流れるチェロの曲を、チェロ好きの賢治がどんな気持ちで聴いていたのかまでは、推しはかることはできないが、どこか「セロ弾きのゴーシュ」のお話そのままである。

くりかえすが、ゴーシュとはフランス語で「下手くそ」の意味だ。賢治もチェロをにわかに特訓して、学生たちの前で演奏してみせていたというが、一緒にチェロを弾くこともあったという親友、藤原嘉藤治（一八九六〜一九七七）に言わせれば、「音楽の技術は幼稚園よりもまだ初歩の段階」だったそうだから、ゴーシュの力量のさらにはるか下である。

とはいえゴーシュが、賢治の自己投影そのものであることは間違いない。そしてこの花巻の朝日座でチェロを弾いている活動写真館のチェリストもまた、ゴーシュのモデルでもある。

童話の中のゴーシュは深夜に水車小屋でひとりぼっちで猛練習を始めるのだが、この晩から四日間五匹の動物が次々にやってくる。

猫、かっこう、そして狸、ねずみの親子。

「シューマンのトロメライをひいてごらんなさい」とにやにやする生意気な猫。ドレミファの音程を習いにくるかっこう。ゴーシュの演奏で病気を治してもらいにくる野ねずみの親子。

狸の子は、三日目の晩に登場してくる。


「ぼくは小太鼓の係でねえ。セロへ合わせてもらって来いと云われたんだ。」

「どこにも小太鼓がないじゃないか。」

「そら、これ。」狸の子はせなかから棒きれを二本出しました。

「それでどうするんだ。」

「ではね、『愉快な馬車屋』を弾いてください。」

「何だ愉快な馬車屋ってジャズか。」

「ああこの譜だよ。」狸の子はせなかからまた一枚の譜をとり出しました。

ゴーシュは手にとってわらい出しました。

「ふう、変な曲だなあ。よし、さあ弾くぞ。おまえは小太鼓を叩くのか。」

といってうれしそうにセッションを始める。

そして、狸の子に「二番目の糸をひくときはきたいに遅れるねえ。なんだかぼくがつまづくやうになるよ」と指摘されてしまうのだが、この「愉快な馬車屋」という「ジャズ」を、ここに賢治がわざわざ持ち出してきたのがとても興味深いところである。

なぜ、ここで「ジャズ」なのか？

「セロ弾きのゴーシュ」は「銀河鉄道の夜」とともに、病床にあった賢治が最後まで推敲を重ねていた作品だったといわれている。

ゴーシュと動物たちの四日間の交流で、賢治はここで何を本当は言いたかったのだろうか？

それは一人、猛練習を重ねるだけではけっして得られない音楽の大切さ……合奏することの大切さ、「セッション」することのプロセスの大切さを伝えたかったのではないだろうか。

セッションとは、誰のものでもないし、あるいは誰のものであったとしても別にいいものでもある。誰の署名がなくてもセッションは存在する。

この無名性にもどったセッションこそ、個人的な、心情的な何か、というような漠然性の努力から、セッションはみんなで「合わせる」というだけのことではなくて、そこから普遍的な音楽の何かを獲得することができるものとなっていくはずなのである。

集団的な（セッションに直接参加しているプレーヤーや聴衆ばかりでなく、自然の、町の、というような）想像力は、セッションの中で、具体的な経験として実現されているからである。

人に学ぶことはすべてセッションだ、といってもいいが、自然に学ぶのだってセッションである。そして自然よりもさらに自由な、新しい自分たちの「自然」をつくるのがセッションの実践というものなのであるはずだから。

賢治があらゆるものに常に耳を澄ませて、そのひとつひとつの存在の音を聴き、そこへ丁寧に接していく、そのやさしい接し方こそが、賢治流の日々のセッションなのである。

また、

「セロ弾きのゴーシュ」で宮澤賢治が試みたのは、イーハトヴの音楽的環境のカタログ的な再配置と、その中から音楽の諸特性を抽出することであった。そしてここに列挙された音楽の諸効果は、言語芸術にたずさわる宮澤賢治には、おそらく羨望の対象であったにちがいない。そこでは、もはや「国語」と一対をなす「音楽」として音楽が理解されるわけではなく、植民地的な競争原理から限りなく逸脱していきながら、むしろ異類間の友愛に向かって可能性をおしひらく呪術的な音楽へと関心が移動しているからである。作家宮澤賢治の文学探究は、みずからの言語を「国語」のくびきから解き放ち、せめて音楽に準ずる原理たりうるよう、文学をイーハトヴの未来を祝福する表現手段へと改造していくことに向けられた。(西成彦『森のゲリラ宮澤賢治』平凡社)

ということなのかもしれない。

初のトーキー映画「ジャズ・シンガー」がニューヨークで公開されたのは、一九二七年であるが

（〝ジャズ〟とはあるが、中身はミンストレル・ショーのスター誕生のストーリーである）、もしこの映画を賢治が見ていたとしたら、この「セロ弾きのゴーシュ」の「ジャズ」には充分間に合うことになる。しかし、詩「『ジャズ』夏のはなしです」の発表されたのは大正十五（一九二六）年。書かれていたのは大正十四年なのである。

ジャズ・エイジと宮澤賢治

大正十四（一九二五）年、不況のせいで、各地にあった少年音楽隊は次々に解散せざるをえなくなる。

そのままメンバーたちは、おのおのの実力に合わせて、折からはやりだしたダンス・ホール、映画館、レビュー、ホテル、遊園地の劇場へと、それぞれ職場を変えていく。「セロ弾きのゴーシュ」が働いていた映画館の楽士の仕事も、トーキーの出現でやがてお払い箱になってしまい、仕方なく今度はみんなチンドン屋に転職する（しかしクラリネットやトランペット、太鼓ならともかく、たくさんのチェロ弾きたちは一体、どこへと転職していったのだろうか）。

日本でトーキーの映画が、初の日本語字幕入りで上映されたのは、昭和六（一九三一）年二月十一日。米映画「モロッコ」（ジョセフ・フォン・スタンバーグ監督）である。また国産初の本格的トーキー映画「マダムと女房」（原作脚色・北村小松、監督・五所平之助）が封切られたのも同じ昭和六年である。

ところでこの否応なく転職せざるをえなくなった元楽士のチンドン屋たちの中から、当時やたらにうまいチンドン屋が、突然、街の中を颯爽と流していたりしていたらしい。ここでも彼らがどんな曲を演奏していたのだろうかということに興味がわいてくるのだが、そんな資料は見当たらない。「ジャズ」ということばのもつ意味は、ジャズのスタイルのさまざまな変遷とともに、呼び方も、その内容も、時代によって著しく異なってくる。

どこからどこまでを「ジャズ」という名で定義するかによってもむずかしくなってくるけれど、いわゆるポピュラー・ソングや、ダンス・ミュージックを演奏するバンドだ、というように広く受けとめれば、このやたらにうまいチンドン屋が、街を最新の「ジャズ」で流して歩いていたのかもしれない。

活動写真の伴奏の楽士、ダンス・ホール、ホテルのバンド、カフェー、高級喫茶店、食堂でも、フォックス・トロットのような早いテンポのダンス音楽を演奏する小編成のバンドがすでにあったらしいので、同じように、やたらにうまいジャズ演奏のチンドン屋に、あるとき突然街で出会えたかもしれない可能性は、たしかにとても高いのである。

つまり明治以来、太平洋航路の船が発着する国際港として賑わった神戸に、その船の中で演奏していたアメリカの楽隊が、日本にジャズを持ち込んできたのだと、もっぱら言われているが、はたしてそれぞれがどれだけの、どんな「ジャズ」であったのかの具体的な内容については、いまだ曖昧《あいまい》なままなのである。

それは日本でのことばかりでなく、パリでも、実は本場（のはずの）アメリカでも同様で、もっぱらおもな仕事は、ヴォードヴィリアンや、演芸の伴奏効果係でしかなかった。

「ジャズ・エイジ」と呼ばれていた時代でさえ、パリで大人気をえた、ジョセフィン・ベーカーの「ルビュー・ネーグル（黒人レビュー）」（一九二五年・シャンゼリゼ劇場）の引き立て役ぐらいにしか見られていなかったのである。

しかしこれは、確実に「ジャズ」といわれる、黒人音楽ではあった。当時のジャズは、いまでいうジャズ音楽だけを指す言葉ではなく、新しいダンス音楽、ポピュラー・ミュージックを広く意味していたのである。

大正四（一九一五）年、横浜にあった喜楽座《きらくざ》は、初めて横浜で椅子席を設けた劇場として有名だが、大正十四（一九二五）年七月に、松旭斎《しょうきょくさい》天勝《てんかつ》という奇術師が、欧米を訪ねた帰朝記念興行を行なっている。

「外国人プレイヤーによるジャズバンド、ジャズダンス、バレー、天勝自身の欧米旅行のスケッチを演じた寸劇と、大奇術、音楽家オコネフ夫妻（ピアニスト、声楽家）がピアノソロと独唱を行った。

アメリカ、コロラド州デンバー出身というこのピアニストと声楽家は、天勝一座に加わるためにやって来て二年間日本に居る予定だったというが、日本の芝居小屋で、恐らくは状態の悪いアプライトピアノで、奇術と同じ舞台での演奏に耐えられたであろうか。その後の消息はわからない」（斎藤龍『横浜・大正・洋楽ロマン』丸善ライブラリー）

この美人奇術師が連れてきたジャズ・バンド（別の資料だと〝六人組〟とある）に、すっかり虜《とりこ》になってしまった日本の若い楽士たちが、続々と船の楽士となって、ジャズを学びに渡航するようになっていったとも多くの資料にあるが、しかしこのバンドの「ジャズ」が、どんなスタイルのジャズだったのだろうかについては、これももちろんわからない。

けれど大正十四年といえば、本場アメリカでは、ルイ・アームストロングのホット5《ファイブ》、レッド・ニコルズの5《ファイブ》ペニーズ、などが大活躍していた、いわゆるデキシーランド・ジャズ全盛の時代にあたる。

だから多分、この六人組というバンドも、デキシーランド・ジャズを演奏していたのだろう、と思ってもいいはずなのだが、だからといってこの横浜の喜楽座に、都合よく賢治が花巻からやって来て見物していたというような証拠は何一つないのだから、これでは万事解決というわけにはいかない。

賢治の音楽体験は、活動写真の楽士たち、市中音楽隊のこと、浅草オペラ、オーケストラのクラシック・コンサート、自らの演奏活動、レコードや音楽雑誌の知識（楽聖たちの伝記や曲の解説を、原書で読んでいた）などなど、これらのすべてに広く渡っているのだが、肝心の「ジャズ」となると、なかなかうまくつながってはくれない。

しかし賢治の描いた詩「ジャズ」が、本格的なデキシーランド・ジャズではなかったにせよ、デキシー・スタイルであったことはほぼ間違いないと思う。

それは彼の2ビートのノリのいい「詩」がしっかり証明してくれているはずだ。

しかし、賢治がその「ジャズ」を、どこのライブで聴いたものなのか、どんなレコードだったのか、ゴーシュのいう「馬車屋のジャズ」でしかなかったのか、判然とするものはいまのところは何もない。またこの「馬車屋のジャズ」とは、町のジンタのことなのだろうか？　あるいは伝説の初代ジャズ王と呼ばれるニューオリンズのコルネット奏者、バディ・ボールデンは、荷馬車の上で演奏して街中を流していたという話は有名だが、もしや賢治はそのことを知っていたのだろうか？

宮澤賢治が生きたのは、一八九六（明治二十九）年から、三十七歳で亡くなる一九三三（昭和八）年までである。

あの一九二〇年代、ジャズ・エイジを代表する作家、スコット・フィッツジェラルド（一八九六〜一九四〇）がミネソタで生まれたのも一八九六年である。なんと賢治とフィッツジェラルドは同い年であった。〝サッチモ〟こと、ジャズの王様ルイ・アームストロングが生まれたのが一九〇〇年。賢治がサッチモの四歳も年上になるというのが、ジャズ・ファンにはなんだか感慨深いものを感じさせる。

また、賢治の短い一生が、「ロスト・ジェネレーション（失われた世代）」といわれた一九二〇年〜一九二九年に、ほとんどイコールしている、というのもとても興味深い。

一九二〇年の日本は大正九年である。賢治二十四歳。翌年一月、宗教問題で父と対立して家出し上京する。二十五歳のときだった。そして本郷菊坂町に下宿してアルバイト暮らし。食事は水とジャガイモで過ごす日が多かったという（もっとも賢治は菜食主義だったのだから当然のことか）。

友人の保阪嘉内宛の手紙に「三畳の汚ない処ですが」とあるが、賢治が初期童話の大部分を猛烈に書きまくっていたのは、この家出して住んだ下宿屋の二階だったという。昼間は東大赤門前の本郷六丁目の文信社に校正（筆耕）係として働き（つまりアルバイトである）、三畳の下宿に戻ると一心に自分の信じるイーハトーヴ童話を次々に書き下ろしていた。時にはなんと月に三千枚も書いたとさえいわれている。

しかし八月、妹トシの病気の知らせで、やむなく原稿をカバンにつめ、帰郷する。残念ながらたった八か月の家出であった。

賢治はこの家出の年をふくめて、計九回上京している。

最初が大正五年の修学旅行。最後が昭和六年九月。上京中に密かに死を覚悟して遺書を書く。「雨ニモマケズ…」も、このときに書いていたのでは、といわれている。三十五歳。

『ジャズ』夏のはなしです」は、大正十四（一九二五）年七月十九日に書かれ、一九二六年に詩誌「銅鑼」七号に発表されたものだ。二十九歳、三十歳である。

つまりそれ以前に、何らかの形で賢治は、「ジャズ」と必ずどこかで遭遇していなければならないのである。

ペリー艦隊のジャズ

前に宮澤賢治は、スコット・フィッツジェラルドと同い年で、ルイ・アームストロングの四歳年上と書いたが、こうした比較はその時代と人物をあらためて見直すためにも、とても貴重な確認作業になるので、ぼくは好んでよくやってみる。

たとえば、パリにエッフェル塔が建てられた一八八九年は、エリック・サティが「グノシェンヌ」の五番を作曲した年で、日本は明治二十二年、大日本帝国憲法が発布され、東海道線が全線開通（新橋―神戸間は二十時間）した。で、ラフカディオ・ハーンが来日したのはその翌年。四十一歳だった。

やりだすとキリがないのでやめるが、こうやるとその時代がたがいによく見えてくるのは事実である。そしてなにより歴史が格段に面白くなってくる。

團伊玖磨『私の日本音楽史―異文化との出会い』（NHKライブラリー）では、西暦一六〇〇年の「関ヶ原の戦い」から一八五四年の「日米和親条約」までの、日本と西洋音楽の比較「年表」がつけられていて、調べればわかることとはいえ、とても面白く、またわかりやすかった。

およそこの一六〇〇年から一七五〇年間が「バロック音楽」の時代で、続く一七五〇年から一八五〇年ごろまでの約百年間が、「古典派・ロマン派」の流れになる。

このバロック音楽を集大成したJ・S・バッハ（一六八五～一七五〇）と、徳川八代将軍吉宗（一六八四～一七五一）は、「ほぼ生没年が重なるまったくの同時代人でした」とある。なにしろシューベルトの歌曲集「冬の旅」（一八二七）の初演の年に西郷隆盛が生まれ、ショパンのピアノ協奏曲一番（一八三〇）の年には吉田松陰が生まれたりしているという面白さだ。團伊玖磨氏という人はホントに面白い音楽家でありエッセイストだった。少し引用してみよう。

まず一七五〇〜一八二〇年代までが、J・ハイドン（一七三二〜一八〇九）、W・A・モーツァルト（一七五六〜九一）、L・V・ベートーヴェン（一七七〇〜一八二七）に代表される「古典派」の時代です。この時期には、主題の旋律を提示し、展開し、そして再現するという「ソナタ形式」が開拓され、器楽曲構成の原理として、ほとんど極限まで追求されました。堅固で均整のとれた構成が、この時代の音楽の基本的な特徴です。

同じ時期、江戸時代後期の文化的爛熟期に入った日本でも、さまざまな分野で活躍する人物が出ています。例えば、『解体新書』で知られる蘭学者の杉田玄白（一七三三〜一八一七）・前野良沢（一七二三〜一八〇三）、『古事記伝』を著した本居宣長（一七三〇〜一八〇一）はハイドンとまったくの同時代人です。また、戯作の十返舎一九《じゅっぺんしゃいっく》（一七六五〜一八三一）、俳句の小林一茶《いっさ》（一七六三〜一八二七）はベートーヴェンの同時代人で、一九の『東海道中膝栗毛』が刊行されている間（一八〇二〜二二）に、ベートーヴェンは「英雄」「運命」「田園」を含む二番から八番までの交響曲をつくり、また一茶の句集『おらが春』が出版された年（一八一九）には、ベートーヴェンはピアノ・ソナタの大曲「ハンマークラヴィーア」を仕上げているのです。

一八二〇年代から五〇年頃までは、前期「ロマン派」の音楽が花開いた時期です。おなじみのウェーバー、シューベルト、メンデルスゾーン、ベルリオーズ、シューマンそしてショパンは、すべてこの間に活躍した作曲家です。ロマン派の音楽は、夢や情熱そして即興性を重視するのが大きな特徴で、それを表現するのに適した形式として、膨大な数のリート（芸術歌曲）とピアノ小品が生み出されました。

そして、ペリー来航の一八五三年（嘉永六）前後は、ヴェルディ、リスト、ヴァーグナーらが活躍していた時代です。一八五三年、イタリア・ロマン派オペラの巨匠ヴェルディは、「トロヴァトーレ」「椿姫」の二作品を初演しました。同じ年、ハンガリーの作曲家リストは、交響詩「前奏曲（レ・プレリュード）」を改訂・完成させ、ピアノ作品の代表作「ピアノソナタ　ロ短調」を作曲しました。ドイツでは、若きブラームスが記念すべき作品1のピアノソナタを発表しました。そしてヴァーグナーは、楽劇「ニーベルングの指輪」の第一部「ラインの黄金」の作曲にとりかかっているところでした。この時期、西洋音楽は、そろそろ後期ロマン派の爛熟に向かい始めるところにまできていました。（團伊玖磨『私の日本音楽史』）

さてこの本の第四章は、「ペリーと軍楽隊」。嘉永六年六月三日（一八五三年七月八日）、四隻の黒船が三浦半島沖に姿を現わす。そう、あのマシュー・カルブレイス・ペリー（一七九四〜一八五八）である。

この黒船艦隊の来航が、幕藩体制崩壊のきっかけをつくったことはよく知られているが、同時に「日本の洋楽流入の歴史の新たな幕開けを告げる出来事」でもあったのである。

『黒船来航と音楽』（笠原潔　吉川弘文館）という、願ってもない一冊があった。

日本では十六世紀の後半に、キリスト教の宣教師とともに西洋音楽が伝えられた一時期はあったが、それも徳川幕府のキリスト教禁教令（一六一四年）にともなって、以降、二百五十年にわたって日本では西洋音楽はまったく聴かれなくなっていた。

それが、ペリー艦隊に乗っていた軍楽隊の演奏によって、新たな洋楽文化の流入が始まったのである。

彼らがもたらしたのは一九世紀半ばのアメリカの音楽文化であった。西洋音楽史の上でいえば、中期ロマン派の時代にあたる。ただし、中期ロマン派時代のアメリカの音楽文化といっても、そこには、ルネサンス時代以来の宗教音楽の伝統や、独立戦争以前からのアメリカの音楽文化が流れ込んでいた。彼らはそうした音楽文化を日本に持ち込んだのであった。（『同』）

しかしその軍楽隊が、そのときどんな曲を演奏したのかの詳細はわからず、一曲だけ、「アメリカ国歌」がしばしば演奏されたとペリーの『日本遠征記』にはある。その他「活発な音楽」とか「爽やかな楽の音」「得意の曲」としか書かれていない。

しかし、翌一八五四年の春、ペリーは条約交渉のため再び来日する。

三月八日の横浜初上陸、三月十七日の幕府側応接委員との再協議、それと並行して進められた日米の実務者同士の会談や覚書《おぼえがき》の交換などを通じて、ペリーは日本側から多くの譲歩を引き出すことができた。その結果、日米和親条約締結の見通しもほぼ固まった。

そうしたところから、ペリーは、三月二十七日（嘉永七年二月二十九日）に林大学頭《だいがくのかみ》以下の幕府側応接掛や浦賀奉行所の関係者を艦上に招いて、慰労と交歓を兼ねた饗宴を催すことにした。

当日、彼らは、まずマセドニアン号に招待され、次いでポウハタン号に移乗して、兵装や機関、操艦や訓練の模様を見学した。

その後、会食に移ったが、食事の間、軍楽隊が数々の音楽を演奏して祝宴に華を添えた。（中略）

会食後、夕方五時半から余興に移った。ここで、当日の呼び物であったミンストレル・ショーが開催された。（『同』）

ミンストレル・ショーはジャズそのものではないが、ミンストレル・ソングは、アメリカのジャズ発達史の重要な要素となるものの一つであることは間違いない。それはミンストレル・ソングのほとんどが、仕事の歌と霊歌から借りられた、黒人のリズムとメロディにもとづいたものなのだからである。アメリカへ奴隷として移入されたアフリカの黒人たちが持ってきたもの、つまり彼等の音楽感、リズム感こそ、ジャズ発生の元だと言ってしまってもいいからである。

彼等がアメリカで聴き覚えた讃美歌や民謡のメロディは、次第に彼等流に変形され歌われ始める。これに興味を示し、逆に影響された白人の芸人たちが、顔や手を黒く塗って、今度は彼等流の歌をうたい、彼等流の踊りを真似て舞台に立つようになる。

これの発展したものがミンストレル・ショーである。

そしてこの横浜の軍楽隊によるミンストレル・ショーは、幕府の武士たちに馬鹿受けをしていたそうだ。

その後、五月二十九日（旧暦五月三日）に箱館（函館）で松前藩の役人たちを迎えて、次いで六月十六日（五月二十一日）に下田で林大学頭以下の幕府役人を再び観客に迎えて再演、さらに七月十四日（六月二十日）には、那覇で琉球政府要人を招待して開催される。まるでペリーのミンストレル・ショー・日本ツアーのようだ。しかもどこでも大喝采の大受けだった。

このとき、いったいどのようなショーが繰り広げられていたのか、横浜でのミンストレル・ショーのプログラム（宣伝用のビラ）が残されている。

最初の行には「エチオピアン・コンサート」と大文字で書かれ、次に「合衆国蒸気フリゲート艦／ポウハタン号」と二行にわたって書かれている（以下、斜線は改行を表す）。その下に、四行にわたって「エチオピアン・エンターテインメントが／ジャパニーズ・オリオ・ミンストレルズにより／当艦艦上で、来る　日、　曜日の夕刻に行われます／（天候が許す限り）。士官一同、ご来場をお待ちしております」と書かれている。

「エチオピアン」ということばは、このころのミンストレル・ショー関係の文によく出てくる形容詞であるが、要するに「黒人の」といったほどの意味である。

〈ジャパニーズ・オリオ・ミンストレルズ〉というのが、ペリー艦隊の乗組員たちが名乗った座名であった。その座名はアメリカ側史料でもさまざまに記録されているが、正しくは〈ジャパニーズ・オリオ・ミンストレルズ〉であったことがこのビラから分かる。

「オリオ」とは「ごった煮」「ごった混ぜ」の意味であるが、同じく「ごった煮」を意味するフランス語の「ポプリ（pot-pourri）」という単語には「たくさんの旋律を立て続けに演奏する、接続音楽」という意味がある。ここでの「オリオ」という言葉も、その意味で使われているのであろう。一八四三年四月三日から五日までボストンのトレモント劇場で開催された〈ヴァージニア・ミンストレルズ〉の公演も、「グランド・エチオピアン・オリオ」と銘打たれていたことが、残された演奏会ポスターから分かる。（笠原潔　前掲書）

で、そのとき歌われた曲目はつぎのようなものだった。

第一部　北部の黒人紳士風に
　第一曲「ピカユーン・バトラー（Picayune Butler）」
第二曲「お嬢さん方、結婚しませんか？（Ladies Won't You Marry?）」
第三曲「サリー・ウィーヴァー（Sally Weaver）」
第四曲「アンクル・ネッド（Uncle Ned）」
第五曲「サリーは俺の女だ（Sally is de Gal for me）」
第六曲「おお、ミスター・クーン（Oh! Mr. Coon）」
第二部　南部の黒人風に
　第一曲「オールド・タール・リヴァー（Old Tar River）」
第二曲「主人は冷たい土の中（Massa's in Cold! Cold Ground）」

第三曲　「オールド・グレイ・グース（Old Grey Goose）」
第四曲　「オールド・アウント・サリー（Old Aunt Sally）」
第五曲　「キャナル・ボーイ（Canal Boy）」
第六曲　「ヴァージニアの薔薇のつぼみ（Virginia Rose Bud）」

歌の内容はいっこうに想像できないが、二曲だけはいまのぼくらがよく知っている歌があった。「アンクル・ネッド」と「主人は冷たい土の中」である。そう、ステフェン・コリンス・フォスター（一八二六〜六四）の曲だ。

フォスターが幕末の横浜で歌われていたとは、驚きである。「ネッド伯父さん」（一八四八）も「主人は冷たい土の中」（一八五二）も、民謡的というよりも、明らかに黒人的な歌である。しかし、これらがミンストレル・ショーで歌われていた歌だとは知らなかった。

というより、そのフォスターの大部分の曲はミンストレルによって元々歌われていたものだったのである。

フォスターは三十七歳で亡くなるまでの二十年間に、二百に上る曲をつくり、これに歌詞をつけているが、いわゆる正規な音楽的教育を受けた人ではなかったそうである。「フォスターの曲が全体的にニグロの歌から影響をうけているのは、彼の家にニグロの召使いがいて彼は幼年時代にこの召使いに連れられて教会へ行ったり、ニグロの集会へ行ったり、或はミンストレルスを聴いたりして、彼等のメロディに非常な親しみを持つようになっていたからであろ

う」（野川香文『ジャズ楽曲の解説』千代田書房）
「オールド・ブラック・ジョー」（一八六〇）そして「ビューティフル・ドリーマー」をつくった一八六四年の一月十二日に、フォスターは亡くなっている。
一八六四年というと日本では新撰組が池田屋を急襲した年である。へぇー、と言うしかないが、なんだかこうやって対比する歴史って面白い。

このミンストレル・ショウはまた、のちにタップ・ダンスに合流することになった農園ジーグとどうように、サンド・ダンス（砂のうえを足ずりするダンスで、足がうごくにつれて砂のきしるリズムが生ずる）やケイク・ウォーク（馬が後足ではねるようなダンスで、奴隷時代から二組でよく演じられ、もっとも評判をかちとったものがケイク〔菓子〕をもらった）やバック・アンド・ウィング（速いジーグの一種、木靴の音に合せるダンスで腕や足はリズムにのせて投げだされる）を普及させることになりました。ミンストレル音楽はヨーロッパのタンバリン——アフリカの指で叩く太鼓と似ている——を農園の黒人楽団のバンジョーやカスタネットと一緒に浮びあがらせました。カスタネットは、最初は羊か何かその他の小さな動物の肋骨で、磨きがかけられ、指のあいだにはさまれて、踊るリズムをつくるために振られたのです。南部の黒人音楽から大量に借りられたミンストレル音楽とミンストレル精神の大部分が、ジャズに流れて入ることになりました。（ラングストン・ヒューズ『ジャズの本』木島始訳　晶文社）

筒井康隆氏の小説「ジャズ大名」(『小説新潮』昭和五十六年一月号)は、難破した黒人ミュージシャン三人が日向の小藩に漂着して、音楽好きの殿様や家臣たちにデキシーランド・ジャズを伝授する、というストーリーだった。

時は同じく幕末。ペリー艦隊のミンストレルに影響されて、ひそかにジャズを演奏していた武士でもいたらもしや面白かったのにと、思わず想像せずにはいられない歴史のエピソードである。

有名なアーヴィング・バーリンの「アレキサンダーズ・ラグ・タイム・バンド」(一九一一)の中に、フォスターの「スワニー・リヴァー」のメロディがとり入れられている。

フォスターの曲は、その後多くのジャズのモチーフとなっていった。ちなみにW・C・ハンディの名曲「セントルイス・ブルース」は、その三年後、一九一四(大正三)年に作曲されている。ハンディももともとミンストレル・ショーのコルネット奏者だった。

ラフカディオ・ハーンとジャズ

日本のジャズ評論家の草分け的存在であった油井正一《ゆいしょういち》氏の『ジャズの歴史——半世紀の内幕』(一九五七年　東京創元社)は、油井流〝ジャズ講談〟の一席とでもいうべき名著であった。

その第一章「ジャズ史の背景」に「ニューオリンズのラフカディオ・ハーン」と題して、いきなりラフカディオ・ハーン(一八五〇〜一九〇四)の名が登場してくる。

放浪精神をもち、その数奇な晩年を日本に送り、帰化して小泉八雲と号し、たぐいなき名文をもって、世界の事象を書きつづったラフカディオ・ハーンが、ジャズの誕生地ニューオリンズに着いたのは一八七七年、そして十年にわたって、ジャズでおなじみのカーナル・ストリートをはじめ、住居を転々としながら、ニューオリンズの風物を書いたのであります。

ハーンはそのまえに、オハイオ州のシンシナティの新聞社で働いていました。かれは、少年時代に左の目を痛め、その目は突出し、正面からはちょっと見られぬ醜男でした。ハーンの肖像が、いつも右側面から写されているのは、このためです。

この地でロマンスが芽ばえたのですが、相手はオクトルーンでした。(黒人の血四分の一をうけた混血児をクオードルーン Quadroon、クオードルーンと白人との混血児をオクトルーン Octoroon とよびます)病気で困っている時など、とても親切にしてもらったので、ホロリとなって、黒人との結婚を認めなかったやかましい法律をくぐって、いっしょになってみたまではよかったものの、女はたちまち増長して、手のつけられぬ地金をあらわし、これがハーンをニューオリンズから逃げ出さしめた原因となったのですが、時あたかもジャズ誕生直前のニューオリンズ、かれが十年の滞在を、もう五、六年のばしていてくれたら、バディ・ボールデンのラッパの音は、蓄音機などよりも、もっと正確に書き残されたであろうと、残念でなりません。だが、ニューオリンズに歌われた「クレオール・ラヴ・ソング」などは、クレオール語から美しく英訳され、ニグロの踊りなども、美しい筆致で生き生きと描かれております。そしてもっとも興味深いのは、女郎買いの経験なのであります。

これは、ハーンの愛弟子であった田部隆次氏の「小泉八雲伝」や、島谷照夫氏の「若き日のへルン」にくわしく出ております。かれが、ぞっこん打ちこんだクオードルーンの女郎の誠意を信じ、美しいラヴレターを出したら、廓《くるわ》じゅうの女に回覧されて、笑いものになっていたとか、いろいろな逸話が残っておりますが、本題からはずれますから略します。ただ、かれが、人種的偏見のいささかもないヒューマニストとして、黒人の女の人間性を描いた「ユーマ」などは、今に残るこの文豪の傑作であります。

ぼくは〝いきなり〟と書いたが、すでにラフカディオ・ハーンをよく知る人や、ジャズの歴史を少しでもかじったことのある人なら、実はすでによく知られていることなのである。油井氏の文中にもあるように、「時あたかもジャズ誕生直前のニューオリンズ、かれが十年の滞在を、もう五、六年のばしていてくれたら、バディ・ボールデンのラッパの音は、蓄音機などよりも、もっと正確に書き残されたであろうと、残念でなりません」とは、ジャズ・ファンの皆が思っていたことでもある。

バディ・ボールデン（一八六九／一八七七～一九三一）は、〝キング・オブ・ジャズ〟の称号のある伝説のコルネット奏者であるが、とてつもない大きな音で吹いたと伝えられているだけで、残念ながら録音された演奏がないので、あるのは伝説ばかり。確かなことはわかっていない。

ここで、もしやラフカディオ・ハーンがもう十年ニューオリンズにいてくれたら、彼がきっと名文で記録を残しておいてくれたにちがいあるまい、という先の一文につながっていくのである。

いまはさまざまな研究が重ねられて、ジャズの出自についても詳細な考察の上で述べられるようになっているが、かつての、たとえば昭和二十八（一九五三）年刊の『ジャズ』（篠崎正　酣燈社）の中では、次のように紹介されている。

アフリカ人であるニグロたちの音楽は、原始的であるとともに、また極めて興味深いものなのである。たとえば、ニュー・オーリンズのニグロたちは、コンゴ広場（もともと陸揚げされたニグロたちの取引される市場であり、「黒人の土地」とも呼ばれるようになった）に集合してよく祭りをした。バンブーラとよばれる太鼓の形をした樽を二本の牛骨で鳴らしながら人寄せし、貧しくケバケバしい色とりどりの服装をした女や主人拝領の古着をつけた男たち、そして奇妙な恰好をした子供たちが押し寄せてくる。やがて、バンブーラは物倦い、執拗なリズムで連打され、それが日没まで小止みなくつづけられるのだったが、そのリズムに合せて、踊り手たちは、アフリカの原始林の舞踏にフランス式のコントル・ダンスを加味したカリンダやバンブーラ舞踏を飽かず踊りつづけるのである。

文豪ラフカディオ・ハーン（小泉八雲）は、ジャズ発達の歴史には逸すべからざる人として名高くジャズ研究家のぜひ触れる人の一人である。当時苦闘時代だったハーンは、一八八〇年頃ニュー・オーリンズを訪問している。これはコンゴの歌を研究するのが目的であり、熱心な探求をつづけた。ハーンは、ニグロたちの異常なまでの音楽愛好心と彼らの音楽の不思議な魅力、そしてまた、彼らの音楽が与えた影響などを、彼の優れた芸術的天分を通して、忽ち把えたのであった。

アフリカのニグロの天性に具わる最大の音楽的天才はリズムである。トムトム（アフリカの小太鼓）は彼らにとって無二の楽器であり、リズムこそは彼らの音楽の生命であった。それがまたバンブーラの歌と踊りそのものである。一見、単純でありながら、その中に無限の音楽上の可能性を具えたリズムを打ち鳴らしながら、彼らは恍惚となり、陶酔し、昂奮し、われを忘れて狂い踊るのである。このリズムが、ニグロによって創造されたジャズの根源であることは、もはや疑うべくもない。

アフリカのコンゴ地方を訪ねた人は、土人たちのトムトムの儀式的な演奏を聴いて、今日のジャズにおけるドラム奏者の演奏スタイルに通ずるものであることを認めざるを得ないとされている。純粋なリズムに具わる神秘なまでの魅力は、一種の宗教的な没我状態を起すことができるのである。（同）

このハーンについての解説はちょっと乱暴すぎるとは思うが、その著書『コンゴ広場』（一八七七年）に、ジャズ誕生の原始時代が描写されているのは確かである。

『ニューオーリンズ物語——ジャズU・S・A』（毎日放送編　毎日新聞社　一九七七年）は、TBSが開局二十五周年を記念して放映した（一九七六年十月十一日）番組の活字版だが、ここでもその小泉八雲ことラフカディオ・ハーンから第一ページが始まっていく。

ジャズのシルクロードを探るうえで、小泉八雲ことラフカディオ・ハーンの行跡を無視することはできない。日本女性を妻にし、日本国籍を得たハーンが、多感な青年時代をデキシーランド・ジャズが興隆するはるかむかしのこの町に過ごし、ジャズの原型ともいうべき黒人の強烈な音楽に大いに感銘を受けたらしいのだ。

ハーンは著作『コンゴ広場』の中で、黒人の原始宗教ブードゥーの踊りについて次のように書いている。

その奇妙な踊りは太鼓の音にあわせて終日続いた。太鼓と民族は結合し、何か村人を驚かす事件が起ると太鼓が打ち鳴らされた。楽器はカーと呼ばれ、桶の両端を抜いて一方に皮をはりつけタガで押えてあり、桶の片方はうつろである。皮の表面に細い糸が強く張りわたされ、それにうすい竹切れがつけてあり、皮を叩くとその竹切れが太鼓の音に振動を与える。(中略) 巧みな奏者はこのカーを腰に結びつけ、両手を同時に動かして掌で太鼓を打つ。裸の膝頭が太鼓に押し当てられ、それによって音の調子が変ってくる。その間、一人の少女がタガを打って伴奏をする。太鼓の音はうまく打たれると荒々しい迫力を発揮し、踊る昂奮を高め、いろいろなひびきは独特の高低をもって続けられる。クリオール人たちのブリプ、ブリプ、ブリプという声、それに非常に急速な音のシリーズが入りまじる。カーのトントン、トントンの音はおどろくほど遠距離まできこえる。なれた奏者は数時間もカーを打ち続けていささかも疲れをみせない。

ハーンはそういう強烈な音楽をはじめて聞いて、非常に驚いた。彼はこの町のあちこちできく太鼓などの音、その奇妙な、急速なビート、「狂気のようで騒々しいが、じっときいているとそのエンドレスな音は、ある時はうら悲しい、こみあげてくる嗚咽のようにきこえ、またある時は急に猛り狂ったもののようにもきこえて」ハーンの心をひきつけて放さないのであった。

ハーンはここに黒人たちの歌や音楽の本質的な性格をつかみとっている。この性格は、ゴスペルという名で呼ばれることになる黒人の四重奏、それから生まれるブルースとジャズの本質を的確につかみ出している世界最初の文献である。(『ニューオーリンズ物語』)

ニューオリンズ・ジャズが、すべてこのコンゴ広場のブードゥーから生まれてきたとは必ずしもいえないけれど、このブードゥー教の果てしのない祭りの音楽がジャズの源流のひとつの芽になっていることは間違いない。

「ジャズはニューオリンズで生まれたというがしかし実はそこに流れ着いたともいえる。流れ着いたものがジャズにもブルースにもなった」(荻原健次郎「midnight press」16号)という言い方のほうが、実はニューオリンズ産のジャズ誕生の様子がむしろ理解しやすくなるのかもしれない。

「ジャズは、アメリカにおいて、黒人とヨーロッパ音楽との出会いから生まれた音楽芸術である」(ヨアヒム・ベーレント『ジャズ』油井正一訳 誠文堂新光社)としても、黒人=アフリカ音楽というように、そうは単純に生まれ育ってきてはいないのである。

それ以前のマドリガル、ミヌエット、リール、バラード、あるいはフランスの民謡、舞踏音楽《ダンス》、ポルカ、マズルカ、カドリール、軍隊のマーチ、葬送行進曲などなどがいろいろと混じり合い、ブルースへ、そしてジャズへとまとめられていくのだ。

またアフリカの黒人が奴隷としてアメリカへ渡ってくるルートも、ストレートにアフリカから北米へとではなく、アフリカからカリブ海諸島（ドミニカ、ジャマイカ、キューバ、プエルト・リコなど）を経てアメリカへというルートであった。

ジャズ前史の研究について、ジャズがストレートにアフリカに依存する度合はむしろ薄く、「アフリカのドラムよりも、中部ヨーロッパのジプシー・ヴァイオリンのなかに、もっと多くのジャズ・サウンドがある」（バリー・ウラノフ）という人も、また「メロディとハーモニーの構造からいえば、初期のジャズは、どんなアフリカの音楽よりも、前世紀なかばのアメリカの曲、たとえば《アーカンソー・トラベラーズ》や《わらの中の七面鳥》に、もっとよく似ている」（レナード・フェザー）という人もいる。


ジャズは、黒人と白人の出会いから生まれた。その出会いが、いちばん強烈なかたちで行なわれた、アメリカ南部に生まれたのは、当然のことであろう。今日に至るまで、ジャズは白人黒人の相互作用《インターアクション》という言葉のなかでのみ考えられる。もし、どちらかの要素だけを強調しすぎるならば、あるいはかつてあったような排他的現象が生じるならば、ジャズ論の基盤は失われてしまうのである。

ジャズの進歩と発展に大きく寄与してきたものは、人種間の交流である。そして人種間の交流こそ、音楽的、国民的、国際的、社会的、社会学的、政治的、表現的、美学的、倫理的、人種学

的に、ジャズを性格づける集団理念を、象徴しているのである。（ヨアヒム・ベーレント　前掲書）

ジャズ前史の詳細はここではこれ以上述べないが、それよりもラフカディオ・ハーンの生涯と、こうしたジャズ誕生の歴史とが奇妙に共通していることは、あらためて確認し直しておきたい。ハーン自身の生涯がまるでジャズの歴史のようだ、とも。いまにしてビート・ジェネレーションの先駆者ではなかったのだろうか、などともいわれるようになったりする。ボヘミアンの先駆者だ、とも。

ラフカディオ・ハーンは、生粋のイギリス人ではない。イギリス人を父に、ギリシャ人を母として一八五〇（嘉永三）年六月二十七日、ギリシャのリュカディア島（現レフスカ島）に生まれた。父のチャールス・ブッシュ・ハーンは、アイルランド系イギリス人で、先祖にはジプシーの血が流れているると伝えられているが、その確証は得られてはいない。

母のローザ・カシマチはシチリア島の生まれで、一説にはアラビアの血が混じった女性ともいわれており、ハーン自身も、自分には東洋の血が伝わっているかもしれないと思っていた。

つまり「クレオール」である。

現代思想や文学の領域で一九九〇年代以降、注目されるようになった言葉のひとつに「クレオール」がある。

「奴隷としてアフリカ各地からカリブ海に移住させられた黒人や、後にやってきたインド人などを主な担い手として、広く〈言語・文化の多様性に価値を見いだす考え方〉を示す言葉として用い

られている」（「毎日新聞」二〇〇一年十月二十六日）

クレオールが注目される背景には、第二次世界大戦後の植民地独立以来、西欧中心の思考が批判を受けるようになってきたことがある。

クレオール的資質とは、定かなひとつだけではなく、その多様性に価値を見る考え方だ。ひとつの国家、ひとつの言語を志向するのではなく、マルティカルチュラリズム（多文化主義）という無限の方向へ向かおうとする社会である。

こうした動きは、カリブ海、フランス語圏の人々だけでなく、アジア、アフリカの旧植民地、英語その他の言語圏でも積み重ねられている。

たとえば、宮澤賢治の岩手を、中心（東京）に対する「植民地」と見て、彼の文学を異文化接触の場で生成した一種のクレオール文学だ、ととらえる（西成彦『森のゲリラ宮澤賢治』平凡社）という読み方もある。

土着主義と西洋趣味。農民文化への指導的位置と山人文化への郷愁。方言使用とエスペランティズム。これら宮澤賢治を構成しているさまざまなものは、彼が〈文化と文化のはざま〉にあって、遂に〈文化と文化の衝突の調停〉にみずからの文化的貢献の場を見出そうとしていたことをあらわしている。この意味で、宮澤賢治は東北文化を構成するいかなる固有原理にも帰属することなく、むしろ東北文化の〈基層〉を異文化接触の断続的継起に見出すことによって、新しい文化的なアイデンティティの模索に生涯を捧げた作家なのである。

クレオール語というのは、植民者の言語と奴隷との現地語が混成して成立した新しい言語のことなのだから、普通にいえば、宮澤賢治の文学を「クレオール文学」というのは、とても無理ないい方のように思えるが、クレオールの文学の中にもさまざまなとらえ方があり、カリブ海文学の作家、マリーズ・コンデ氏へのインタビューでは、コンデ氏は次のように述べている。

文学の分野では、クレオール語の要素を文学作品の中にどれだけたくさん使っているかによってクレオール文学を定義する人たちが出てきている。しかし、これは本来のクレオールという言葉の意味から見ると変形だ。クレオールの文化を体内に持つ人々が表現する文学であれば、どんな言葉で表現してもクレオールの文学だといえる。パリでもニューヨークでも、その人がどこにいても、どんな言葉で表現しても、広い意味でクレオールの世界のビジョンを表現しているのなら、クレオールの文学といっていい。(前掲「毎日新聞」大井浩一)

ユニークな考え方であるが、この考え方は「日本のジャズ」についても、そのまま当てはめてとらえ直すことができる。「ジャズの文化を体内に持つ人々が表現するジャズなら、どんな言葉で表現してもジャズだといえる」のである。

山下洋輔のニューヨーク・トリオ(セシル・マクビーB、フェローン・アクラフDs)の緊密なインタープレイは、その代表見本のようなジャズである。もはやジャズは、言語や民族の境界にいささかもとらわれたりしてはいないのだ。

相も変わらずジャズ＝黒人と信奉するジャズ・ファンは多いが、もはやこの「ジャズ」理解のほうが〝変形〟なのではないか、といったほうがいいように思える。


ジャズ誕生のニューオリンズにもう一度話を戻さなくてはならない。

コンゴ・スクウェアの踊りは、確かにジャズ誕生の予告ではあったが、それはまだ始まりにすぎなかった。

「もしフランス人がニューオーリンズを支配し続けていたら、まちがいなくここでジャズは生まれなかったであろう」（『ジャズの世界』東京創元社）と、フランスのジャズ評論家、アンドレ・フランシスはいい切る。

ニューオリンズを含んだルイジアナ地方は、十七世紀末にフランスが統治していた。国王ルイ十四世にちなんで名づけられたのがルイジアナで、ニューオリンズはフランスのオルレアン公爵にちなんで、ヌーヴエル・オルレアンからくる。

したがって、クレオールは、フランス語を話し、かなり文化的な生活をしていたのである。クレオール出身のミュージシャンに、バディ・ボールデンやジェリー・ロール・モートンなどがいる。

彼らはアフリカ訛《なま》りのあるフランス語、つまりクレオール語を使って、その後にアフリカから運び込まれた奴隷たちの黒人たちとは一線を画し区別され、白人同様の教育を受けていたのである。

しかし、そのようなクレオールも、南北戦争（一八六一～六五）の奴隷解放令とともに、その地位は没落し、身分的にもアメリカ黒人と同様に扱われるようになった。
コンゴ広場に集まった黒人たちは、こうしてアメリカ黒人＋クレオールとなり、曲がりなりにも西欧音楽の教養を身につけていたクレオールたちとのセッションによって〝演奏〟をするようになる。ここでようやくバンドの誕生である。
もう一度、アンドレ・フランシスの言葉を読み直しておきたい。

南北戦争後、アンティル諸島から新たに自由な黒人たちが渡ってくると、その異国のリズムがニューオーリンズ流に溶け込んだ。黒人の中にはカリブ諸島やキューバ、あるいはラテン系のことばの国々へと散っていったものもいる。のちに——つまり現在——、彼らのアフロ・キューバンのリズムはモダン・ジャズに溶け合って復活してくる。何たる雑多な混合！　これは黒人独自の最初の歌ではあったが、コンゴ・スクウェアの踊りに、クレオールのことばとフランス訛りが混じり合った歌をつけただけのもので、クラシック・ジャズと呼べるような代物ではなかった。

このクレオール語の存在は重要である。もしフランス人がニューオーリンズを支配し続けていたら、まちがいなくここでジャズは生まれなかったであろう。ジャズの誕生を助けたのは、矛盾に思えるかもしれないが、ことばの問題だった。アフリカの黒人たちに独特の話し言葉を与えたのは英語であり、これがジャズの最初の基本的な要素——スイング——となった。黒人の発音は総体的に喉音であるが、同時に柔らかい。アーティキュレーションのごく少ない彼らの原語では、多くの子音がのみ込まれてしまう。彼らのことばは欠落し、抑制され、滑るようにきこえる。原則としてアクセントがことばの終りにくるラテン系の言語に出会っても、黒人はこれらのことばのリズムを目立って変えはしない。

しかし英語に関しては発音はそう容易ではなさそうだ。彼らは弱音のシラブルを著しくはぶき、その代わり主音を強調する。ベルナルド・ヒューヴェルマンがその著作「バンブーラからビ・バップまで」の中で正しく指摘しているように、その結果ことばに思いがけないリズミックでメロディックな側面が生じ、奇妙にシンコペーションのついた独特のフレーズができあがる（これは純粋のアフリカ音楽には見られない性格である）。これはことばのアクセントを変え、リズムを重視する時代の先駆けとなり、その独特な揺れは、「スイング」の前身となった。この芽生えが音楽的試みとなり大きく花開くには、一人の天才の出現を待たねばならなかった。ルイ・アームストロングである。（アンドレ・フランシス　前掲書）

リンカーン大統領の「奴隷解放宣言」が、ジャズを誕生させた、といってもおかしくないことになった。

つまりヨーロッパ的なクレオールの黒人の音楽と、アフリカ色の濃い非クレオールの黒人の演奏が出会い、ジャズを生んだのである。

ジョナサン・コットの『さまよう魂――ラフカディオ・ハーンの遍歴』（文藝春秋）の帯文のキャッチフレーズには、こうある。

永遠の放浪者／裏街の／フィールド・ワーカー
その〝ビート世代の祖父〟的人間像を／浮き彫りにする

ビート世代とは、もちろんあのビート・ジェネレーションのことである。〝ビート〟とは、もともと浮浪者、ジャンキーの呼び名であった。

「きみの歩く道は？ 聖なる道か、狂人の道か、虹の道か、群れた小さな魚のような道か、どんな道だ？ どんな道でもいい。どんな人間にも、どんな風にも道はあるんだ！」「クールであれ！ ヒップであれ！ セックスは神聖なものだ！ 個人の感情を、体験を信じろ！ 内なるハート・ビートを信じろ！ 俺たちはこの絶望と至福の時代を生きるビート・ジェネレーションだ！」

一九五七年秋、七年間の放浪生活の体験をわずか三週間で、長さ二百五十フィートのロール用タイプ用紙に打ちこんで書かれたといわれる、ジャック・ケルアックの小説『オン・ザ・ロード』(路上)は、ベストセラーのトップに躍り出た。
ケルアック、アレン・ギンズバーグ、ウイリアム・バロウズ、グレゴリー・コーソ、ローレンス・ファリンゲティ、ゲイリー・スナイダー……、あの悪名高き文学者集団、〝ビート・ジェネレーション〟の祖父と、ラフカディオ・ハーンが呼ばれている。「怪談」「耳なし芳一」のあの小泉八雲がである。

ラフカディオ・ハーンについて、「浪漫的遊行びと」と呼んでいたのは、詩人の入澤康夫氏であった。

「ロマン的もしくは《浪漫的》という形容には、彼の《一所不在》ぶりが、単なる好奇心やエキゾチスムの結果ではなく、求めて得られるべくもない永遠の魂のふるさとを探し求めての、はてしない彷徨であった、という意味をこめている」

「いかなる時代にも場所にも属さない真のアウトサイダー」だった男であった、と語るのは作家のロジャー・パルバースである。

このヨーロッパの孤児——彼は十九歳でアメリカへ移住し、そして四十歳近くになって日本へ渡った——は、それまで至るところで探していたものを、自分の風変わりな想像の聖地を、ついにこの日本で見つけた。ハーンは、家族に捨てられた男であり、いかなる場所においても、自らその社会の一部に属していると感じることのできない男だった。ダブリンでは敬虔な大叔母に育てられ、イギリスの学校時代には肌が黒く背の小さい奇妙な存在（彼は半分ギリシャ人、半分アイルランド人であった）として虐《いじ》めの対象となり、アメリカのオハイオ州では地元の有色人種と同一意識を持つ者として社会の周辺に追いやられ、その後はごく自然に南部へと、最初はニューオーリンズ、次にはマルティニーク島のサンピエールへと、流れて行った。

しかし、この狂信的な本の虫は、自ら認める論客は、刺激のないフランス語圏の熱帯地に落ちつくことができず、病気になった。そこでニューオーリンズへ戻ったものの、今度はどん底の生活を強いられ、一時は飢え死に寸前にまで追い込まれた……。しかし、思いがけず、日本への取材旅行の話がふって湧いた。そしてこの日本で、バジル・ホール・チェンバレン博士の助けもあって、松江の尋常中学校の英語教師の職を得た。ハーンはこの日本海沿岸の町に一年ちょっとしかいなかったにもかかわらず、彼は今なおよくこの地と結びつけて語られる……それは正しいことだろう。（中略）

ハーンが日本を十全に理解できたのは、彼に、若い頃に植え付けられたアングロ・ケルトの文化を受け入れたくない、という個人的な拒絶心があったからであった。ラフカディオ・ハーンというひとは、作家が国の魂の宣伝媒体であると見なされる時代において、どの国も代表しない。日本人はハーンが日本の作家であると信じているかもしれないが、少なくとも彼自身の気持ちにおいては、やはりそうではなかった。（中略）

日本において、ラフカディオ・ハーンは、伝説や儀礼や神話の不滅の源として、人生には機械が傍若無人に動き回る以上のものがあると思い起こさせてくれるひととして、あるいは認識されているかもしれない。西洋において、彼の名前は exotica（異国趣味）の項の色褪せたページの脚注に記されているだけかもしれない。

その二つのあいだに、その二つの陰に、小さな、ひどく恥ずかしがり屋の男が立っている……ギリシャ人でも、アイルランド人でも、イギリス人でも、アメリカ人でも、そして日本人でもな

い男が、人目を避けて隠れている。（ロジャー・パルバース「毎日新聞」二〇〇〇年三月十六日）

ハーンは、正にビートニクの先駆者と呼ぶにふさわしい肖像をしている。

しかし、かつてこういう人物たちのことは、ボヘミアン（Bohemian）と呼んでいたのではなかったか。社会の慣習にとらわれず、自由奔放な漂泊、彷徨する人々のことである。

ジプシー（Gypsy）ともいった。

というよりジプシーの異称が、もともとのボヘミアンの語源である。ジプシーの故郷がボヘミア地方だと考えられていたからで、インド・西アジア・アフリカ・ヨーロッパ・アメリカなどで生活する放浪民族のことだ。

彼らもまた〝ジプシー語〟を話す。そしてあのジプシー・ミュージックがある。

ジプシー・キングや、クイーンのフレディ・マーキュリー「ボヘミアン・ラプソディ」のことを突然、ここで思い出してしまった。

ハーンが「ロマン主義」者だというのも、よくわかる。ビートニクもまたロマン主義の甦りであったように。「草の葉」の詩人ホイットマンからギンズバーグへというように。

ハーンが「新ロマン主義」と呼んで傾倒したというピエール・ロッティ（一八五〇〜一九二三）は、「お菊さん」（一八八七）、「秋の日本」（一八八九）で、明治中期の日本社会を描いたフランスの作家である。

ハーンがこの作品を読んだのは、ニューオリンズから西インドへ行ってかららしい。若いハーンに影響をあたえた作家群は、他に、テオフィル・ゴーチェ（一八一一〜七二）、ギー・ド・モーパッサン（一八五〇〜九三）、ギュスターブ・フローベル（一八二一〜八〇）などがいるが、みなフランスの作家である。

とくにゴーチェは、「ロマン主義の歴史」（一八七二）という回想録を書くほど、ロマン派の闘士だった。また、スペイン、アルジェリア、コンスタンチノープル、ロシアなどに旅行し、風景描写のすぐれた旅行記を出しているから、こちらのほうがハーンのお気に入りだったのかもしれない。ちなみに「ジゼル」というバレエの脚本は、このゴーチェである。

あの『レ・ミゼラブル』の作家、ヴィクトル・ユゴー（一八〇二〜八五）は、かつてフランスのロマン主義の統率者であった。一八三〇年に「ロマン主義とは文学における自由主義である」と宣言している。

油井正一氏が、ハーンのニューオリンズ滞在を、もう五、六年のばしていてくれたら、ジャズ前史の歴史が、もっと詳細に描かれていただろうにと残念がるのは、ラフカディオ・ハーンがこれだけの条件をそろえた作家だけに、なおさら、なのである。

ハーンはどうやってニューオリンズのジャズを描いてくれたのだろうか。やっぱり惜しい、と言いたくなる。

二　ジャズのあけぼの

宮澤賢治の故郷

宮澤賢治はほとんど無名のまま一生を送った詩人である。

それが没後一年目に友人の詩人、草野心平（一九〇三〜八八）らの尽力によって『宮澤賢治全集』（全三巻）が出版され、三十七歳で夭折した花巻の無名詩人はにわかに名声を得ていくことになる。

生前の賢治を評価していたのは、草野心平ただひとりであったと言ってもいい状態だった。

誰が今日の賢治ブームを予測できたであろうか。評価は死後、時をへてますます高まり、いま宮澤賢治の故郷、花巻は、賢治の世界を慕う人々が集い、次々にやって来るようになった。

高村光太郎は、「岩手県花巻の詩人宮澤賢治は稀に見る此《こ》のコスモス（芸術の宇宙）の所持者であった。彼の謂《い》う所のイーハトブは即ち彼の一宇宙を通して此の世界全般の事であった」と、賢治の詩と童話と、無名の田舎の芸術家をたたえていたが、いま、まったくその通りになっていった。

賢治の故郷へ行くには、東北新幹線・新花巻で下車する。

駅前の広場には、ウィークデイだというのに身軽ないでたちで、これから賢治のイーハトーヴの世界を歩き、みんなでたしかめようとにぎわうナップザックを背負った旅人たちでいっぱいだった。

これまでなにげなく読んできていた賢治の童話や詩が、実際に岩手・花巻のゆかりの地を通って歩いてみると出会う風景ひとつひとつがつくづくと身にしみ入ってきたり、新しい発見が確かに次々にわき起こってくるようになるからだ。

しかし〝賢治の世界を歩く〟ということは、メルヘンの世界をまるで舞台の書割でも見るようにただなぞって花巻観光して歩いてみるだけでは、あまりにももったいないような気もしてくるのも事実だ。

宮沢賢治記念館、ぎんどろ公園、羅須地人協会の建物、イギリス海岸、小岩井農場など、賢治ゆかりの地をひと通りまわって、日が沈みかけてから「銀河鉄道の夜」発祥の地と呼ばれるようになっている、田瀬ダム近くのめがね橋とよばれる白いアーチ型の鉄橋まで車をとばして出かけていった。

この橋を走る旧岩手軽便鉄道（現JR釜石線）の列車の姿が、童話の中の銀河鉄道に重ねられているからである。

やがて、もうとっぷりと暮れてしまいそうになった薄暮の山間《やまあい》の小さなトンネルをくぐり抜けて、二両連結の電車がゴトゴト音をたててこちらにやって来た。

灯りで車内が薄闇の中に浮かびあがり、まばらな人影がまるで童話の主人公たちのようにくっきりとシルエットで揺れ動いている。

目の前のめがね橋を渡り切り、小さなカーブにさしかかると突然、ピーッ！　と電車は短い警笛を鳴らした。甲高い、しかしなんとやさしく、懐しい音色なのだろう。

……Prrrrr Pirr!……

一瞬ぼくは「銀河鉄道の夜」ではなく宮澤賢治の「ジャズ」の詩をすぐに思い出してしまった。

「岩手軽便鉄道　七月（ジャズ）」を、ここでもう一回詳しく読み直してみることにしたい。

ぎざぎざの斑糲岩《はんれいがん》の岨《そば》づたひ
膠質《こうしつ》のつめたい波をながす
北上第七支流の岸を
せはしく顫《ふる》へたびたびひどくはねあがり
まっしぐらに西の野原に奔けおりる
岩手軽便鉄道の
今日の終りの列車である
ことさらにまぶしさうな眼つきをして
夏らしいラヴスィンをつくらうが
うつうつとしてイリドスミンの鉱床《こうしよう》などを考へようが
木影もすべり
種山あたり雷の微塵《みじん》をかがやかし
列車はごうごう走ってゆく
おほまつよひぐさの群落や

イリスの青い火のなかを
狂気のやうに踊りながら
第三紀末の紅い巨礫層《きよれきそう》の截《き》り割りでも
ディアラヂッドの崖みちでも
一つや二つ岩が線路にこぼれてようと
積雲が灼けようと崩れようと
こちらは全線の終列車
シグナルもタブレットもあったもんでなく
とび乗りのできないやつは乗せないし
とび降りぐらゐやれないものは
もうどこまででも連れて行って
北極あたりの大避暑市でおろしたり
銀河の発電所や西のちぢれた鉛の雲の鉱山あたり
ふしぎな仕事に案内したり
谷間の風も白い火花もごっちゃごちゃ
接吻《キス》をしようと詐欺をやらうと
ごとごとぶるぶるゆれて顫《ふる》へる窓の玻璃《ガラス》
二町五町の山ばたも

壊れかかった香魚《あゆ》やなも
どんどんうしろへ飛ばしてしまって
ただ一さんに野原をさしてかけおりる
　本社の西行各列車は
　運行敢て軌によらざれば
　振動けだし常ならず
　されどまたよく鬱血《うつけつ》をもみさげ
……Prrrrr Pirr!……
心肝をもみほごすが故に
のぼせ性こり性の人に効あり
さうだやっぱりイリドスミンや白金《や》鉱区《ま》の目論見《もくろみ》は
鉱染《こうせん》よりは砂鉱の方でたてるのだった
それとももいちど河原峠や江刺堺《えさしさかい》を洗ってみるか
いいやあっちは到底おれの根気の外だと考へようが
恋はやさし野べの花よ
一生わたくしかはりませんと
騎士の誓約強いベースで鳴りひびかうが
そいつもこいつもみんな地塊《ちかい》の夏の泡

いるかのやうに踊りながらはねあがりながら
もう積雲の焦げたトンネルも通り抜け
緑青《ろくしょう》を吐く松の林も
続々うしろへたたんでしまって
なほいっしんに野原をさしてかけおりる
わが親愛なる布佐機関手が運転する
岩手軽便鉄道の
最後の下り列車である

「夏らしいラヴスィンをつくらうが」は、「ラブシーン」のことだろう。

「恋はやさし野べの花よ」は、小林愛雄《ちかお》訳詩、ズッペ作曲のアリア、というより有名な浅草オペラ「ボッカチオ」の唄、そのままの引用である。

浅草オペラというのは、六区を中心とした浅草で盛んに上演されていたオペラのことで、田谷力三、藤原義江、そしてシミキン、エノケンなどなどの名前なら、昭和二ケタ世代のぼくでもすぐにスラスラ言える。

大正六（一九一七）年からあったそうだから、賢治がオペレッタ観劇を何度もしていただろうことは充分考えられる（というより、かなりの浅草オペラファンだったともいわれている）。

この「恋はやさし野べの花よ」は、浅草オペラの全盛期、大正七〜八年に流行したものだから賢治は二十二、三歳である。

この二年間は妹トシが東大医学部附属小石川分院に入院、その看病のため賢治が母イチと上京している年だ。

どうやらこの二年の間に賢治は、看病の合間にでも浅草オペラ通いをしていたのかもしれない。井上ひさし『宮澤賢治に聞く』（文藝春秋）の年譜によると、大正五年八月に上京し「浅草のオペラなどを見たと思われる」という記述もある。

田谷力三、清水金太郎（シミキン）、原信子、沢モリノらがスターだった時代である。「トレアドル（闘牛士の歌）」（ビゼー「カルメン」）や、「風の中の羽のように、いつも変る女心」（ヴェルディ「リゴレット」）が流行歌なみにヒットしていた。

藤原義江（一八九八〜一九七六）の登場前の浅草オペラの時代である。

浅草オペラのブームに火をつけたのは、高木徳子というショーダンサーだといわれている。

明治三十九（一九〇六）年に渡米して、アメリカで歌とダンス、マイムなどを学び、アメリカ各地を巡演していたがやがて日本に帰国、大正六（一九一七）年に浅草・常盤座で、男の兵隊が足りなくなって女たちが戦地へ行くという喜歌劇「女軍出征」という演《だ》しもので大成功をおさめたのが、浅草オペラ隆盛の始まりらしい（伊庭孝作とあるけれど、もちろん翻案だろう）。

いったい、どんな歌とダンスだったのだろう？

ミンストレル・ショーのようなダンスをとり入れたのか、タップ・ダンスなのか、もうチャールストンが踊られていたのか、このへんよくわからないが、少なくともヨーロッパのオペラとはほど遠いものとなっていたのはたしかである。

つまり彼女の「浅草オペラ」とは、「喜歌劇」とあるが、むしろアメリカ式のヴォードヴィル・ショーを想像するほうがいいのではないだろうか。

ともかくこの戦争風刺の「女軍出征」は、折からの第一次世界大戦の時期とも重なって、上演館の常盤座は連日大入り満員となり、劇中で歌われた曲「ティッペラリーの歌」（英国行軍歌）は、たちまち街中にあふれる大ヒット曲となった。

「喜歌劇」は、普通イタリア語の「オペレッタ（operetta）」をいう。「軽歌劇」ともいい、歌と踊りのある娯楽的音楽舞台である。

有名なオッフェンバックの「天国と地獄」がその代表だ。

同じオッフェンバックの「ブン大将」、ズッペの「ボッカチオ」などのオペレッタのほかにも、「カルメン」や「フィガロの結婚」など本格的なオペラも上演していたようである。

とはいえ、いまぼくらが考えるようなグランド「オペラ」のことではもちろんないが、それまで西洋音楽にまるで縁のなかった一般大衆に、親しみやすくわかりやすく演じて音楽劇の楽しさを伝えた彼女の功績は大きい。

「ペラゴロ」（浅草オペラ狂い）などと呼ばれる熱狂的なファンまで次々に出てくるぐらいだから、余程の人気があったのだろう。

その大きな理由の一つに浅草の劇場の入場料が非常に安かったことがある。

サラリーマンの月収が月に十五円か二十円という時代に、それまでの丸の内の帝国劇場や、赤坂見附のローヤル館の本格オペラでは八円から十円もしていたのが、浅草では初期のころは三十銭、少し上がって五十銭という破格の安さである。

さらに夜間割引があり、立見席は特に半額になる。

これならいつでも、誰でも、気軽に「ペラゴロ」になれるようになるはずだ。

今のところでは、やつぱり浅草の公園へ行つて、あの辺をうろつき歩くのが一番面白い。活動写真だの、連鎖劇だの、玉乗りだの、手品つかひの見せ物などを覗いて廻ると、己は一日居ても飽きない。時々歌舞伎座や市村座あたりの、高級な芝居を立見するけれど、浅草の見せ物に比べると役者がいやに上品ぶつて、味もそつけもないマンネリズムを繰り返して、不愉快なこと夥しい。此れに反して、公園の見せ物は、やゝもすると殺伐に流れ、野蛮を発揮するが、其処に何とも云はれない空想の世界が暗示されて居る。哀愁と歓喜との織り交つた、エキゾティックな情調が潜んで居る。云はゞ、デカダンの音楽を聞くやうな心地がする……（谷崎潤一郎『小僧の夢』）

ここに賢治もエロ・グロの代表ともいえる江戸川乱歩も熱狂して観客の中にいたのだ。

長い間、封建的な下積の生活に甘んじて来た日本の労働階級が、旧い制度を否定し、新しい権利を主張するやうになつてから、世の中にも、いろ〳〵激しい変化が起つた。

浅草の歌劇も、その影響で生れた一つであらう。

新興階級のプロレタリアは、それまで、ブルジョアのみの娯楽とせられてゐた舶来のオペラを、帝劇から彼等の楽園である浅草に移して来たのである。然し、その結果、そこに見られたものは馬糞紙の王冠をかぶつたジュピター、穴だらけの靴下を穿いたカルメンの活躍する『浅草オペラ』に過ぎなかつた。

伊庭孝《いばこう》も、清水金《しみきん》も、石川漠も、帝劇出身のプチ・ブル的な俳優達が、いつの間にかプロレタリアの仲間に入つて、たあいもなく巫山戯《ふざけ》てゐれば、見物はやんやと喝采してゐた。（浜本浩『浅草の灯』）

浅草オペラを支持したファンは、下町のプロレタリアともいうべき前垂れの〈小僧〉さん、店員、職人、商人、そして学生、それに若い兵隊たちなのであった。

堀内敬三に言わせれば、この浅草オペラ人気の秘密とは「人体の輪郭を露呈する洋風舞台衣装と、色彩の強烈な洋風舞台脂粉と、圧倒的に氾濫する律動的音響によって直接な官能的刺激を観客に与えた」（『音楽五十年史』）からだと述べている。

詞・歌・音響・ダンス、強烈な照明光、それにあふれるエロティシズム、浅草風西洋的エンターテインメントの誕生である。「高木徳子の曲線美踊り」というキャッチフレーズのサロメダンスが看板だったそうである。

しかし、これは時代が昭和に入ってからのことだが、エノケンが「月光価千金」「私の青空」「洒落男」などのジャズ・ソングで大人気を得ることになるのだから、もしかすると当時からそうしたジャズ・フィーリングの（高木徳子がアメリカ帰りだったように、ミンストレル・ショーやヴォードヴィル、あるいはアメリカのラブソングなどの）軽音楽をすでに舞台で歌っていたり、演奏もされていたのかもしれない。その第一号が高木徳子ということになるのだろう。

もともと「アチャラカ喜劇」というときの「アチャラカ」とは、ただ「滑稽でにぎやかな」というだけではなくて、語源的には「アチラ的」、いわゆる「舶来もの」の「モダン」な感覚というニュアンスがこめられているのだそうだ。

そして、その「アチラ」とは、どうもヨーロッパなのではなく、むしろ「アメリカ的」バラエティ、ヴォードヴィルにつながっていたようである。

つまりオペレッタという名のバラエティ・ミュージカル（それもかなりエロティシズム色の濃い）が、かつての「浅草オペラ」だったと考えればいいのだろう。


賢治の詩の先をもう少し読んでいきたい。

「騎士の誓約強いベースで鳴りひびかうが」

には、「ベース」（コントラバス）の弦を指で力強くはじいて弾いていく、ジャズ・ベースの奏法がうかがわれてくるが、当時すでにウッド・ベースをリズミックに弾きこなす名手がもしやいたのだろうか？

詩全体のリズム感、少しおどけた明るいユーモア感も、デキシーランド・ジャズに不可欠の要素である。

そして、「振動けだし常ならず」「いるかのやうに踊りながらはねあがりながら」の、疾走感と躍動感。

実際にこの軽便鉄道はよく揺れたらしい。

レールはナロー・ゲージ、即ち軌間二フィート六インチ（七六二ミリ）軽便用でレールは二十五ポンドと細く、乗った人の話だと木造四輪の客車内は狭く前の人の膝が触れ、振動も激しく、トロッコに乗ったようであったと。車輪部（台車）にスプリングもなかった。また宮守駅などでパンや弁当を売っていた。梅干入りの日の丸弁当という。

機関庫は花巻駅に置かれ、その支所（分庫）として途中の利用客の多い遠野駅に機関車の駐泊所があり、転車台《ターンテーブル》も備えていたという。（中略）

仙人峠に向かう急勾配では乗客全員が降りて歩いたこともあったが、長い年月大きな事故もなく、また手許の昭和十一年、十四年、十五年、十七年の古い時刻表をみてもスピードアップはなかった。三等車の運賃も全線で二円ほど。ちなみに、釜石からは仙人峠の手前大橋までの十六キロが釜石鉱山会社線として走り、運賃一円の二等車もあったが、花巻〜釜石間の全線開通は、むずかしい勾配とヘアピンのトンネルが完成した昭和二十五年からである。

さて十輌あった機関車のうち、勾配（最高35%）に強く直通運転に仕業したのは水槽容積一・八㎥となっている明治三十七年生まれの元鉄道連隊（旧満鉄安奉線）からの払い下げ機で、アメリカ製のC形タンク（三軸車）六輛。正確にはペンシルベニア州首都フィラデルフィア市のボールドウィン機関車製造会社のもので、空車重量一〇・一九トン、石炭や水槽タンク一杯の運転装備重量で一二・一九トン。

国有後の形式でいうと片仮名のケ（軽便の略とともにやかんのケトルのケ）の231形。番号は私鉄当時の1～6がケ231～236まで、他に大正五年製大日本軌道のケ237と238、そして大正八年雨宮製作所製のケ239と大正二年生まれのドイツのアルトゥルコッペル社製（ベルリン近郊）のケ92、このコッペルのみ二軸のB形で、構内および短区間用と思われる。

賢治の詩に「ワルツ第CZ号列車」（貌三号、銅鑼八号、筑摩の全集に収録）があり、このCZに諸説あるも、このCは機関車のC型タンク、Zはアルファベットの終わりで、小さいながら何輛もの客車や貨車をひいている姿の象徴であろう。（後略。佐々木桔梗「宮沢賢治」17号　洋々社）

ぼくはいわゆる「鉄ちゃん」こと鉄道マニアでないのでよくわからないところもあるが、岩手軽便鉄道のかつての走りっぷりが見事に調査され裏づけされている。

井上ひさし氏の戯曲『イーハトーボの劇列車』（新潮社）に登場してくる蒸気機関車は、
dah-dah-dah-dha-sko-dah-dah…
と走り。あるいは、
ドッ……テデ、ドデデデ……、ドデデデ……ドデスコ……、ドッテデドデデデドデデドスコと走り出す。
前の汽車は急行であり軽快、後者は普通列車の走りで、走行音はやや重い、とト書きにある。
もう一つ、青森発上野行き上り列車の走行音は、
ガタンコ……、ガタンコ……、シュウフツフツ……ガタンコガタンコシュウフツフツ
仙台発上野行きは、
シュシュシュシュラシュラシュラ・シュラシュラシュラシュラシュシュ……
シュラシュスヤスヤ・スヤスヤシュシュシュラ……
ト書きには「主として摩擦音による、ゆっくりと、喘ぐような走行音。決して軽快であってはならない」の但し書きがわざわざついている。
それぞれ場面場面での背景音としての効果を考えてのことだが、かつて蒸気機関車に乗ったことのある経験者にとっては、どの走行音も聞き覚えのある懐しい音である。
賢治の「岩手軽便鉄道　七月（ジャズ）」には、Prrrrr Pirr!……、Prrrrr Pir………と汽笛の音しか書かれていないが、どんな走行音だったのだろうか、これも知りたくなってくる。

「とび乗りのできないやつは乗せないし
とび降りぐらゐやれないものは
もうどこまでも連れて行って」
にいたっては、まるでミュージシャンたちのジャムセッションの様子を、そのまま表現しようと

しているかのようである。

「接吻《キス》をしようと詐欺をやらうと」

「どんどうしろへ飛ばしてしまって

ただ一さんに野原をさしてかけおりる」

「運行敢て軌によらざれば」

もうこの汽車は、レールに乗って走ってはいなくなる。揺れる汽車は、さらにうねうねしながらスピードを上げる。

「心肝をもみほごすが故に

のぼせ性こり性の人に効あり」

これもマッサージ効果というよりまさにジャズの効用の一つだ。

「斑糲岩《はんれいがん》」とか「イリドスミン」、あるいは「ディアラヂット」「巨礫層《きよれきそう》」「白金鉱区《やま》」などなど賢治好みのむずかしい鉱物関係の言葉がたくさん出てくるが、の上山地という風土をさらに深く知ることになるのは、もちろんのことだが）、とりあえずこの場合、まずその字面の面白さ、そして音感の舌ざわり、漢字と仮名の連鎖をリズミックに（ジャズを聴くように）楽しむことが大事なのだと思う。

詩「岩手軽便鉄道　七月（ジャズ）」で、賢治はことさら難しいことをここで何も言おうとはしていないのである。

列車が踊るように走っていく様子をまるで「ジャズ」のようではないか、と言っているだけである。

賢治の聴いた（知った）「ジャズ」を、まだまるで確定できてはいないのだが、その描こうとしたジャズは、「スウィング感」そして「インプロヴィゼーション＝即興演奏」あふれた演奏の姿であったことは、賢治のこの詩によってわかるような気がする。

当時の日本のジャズ自体が、まだどんなに単純で、素朴で、たとえ稚拙な軽音楽であっても、それがダンス音楽であろうが、ヴォードヴィリアンのバック・ミュージックにすぎなかったとしても、それで充分である。

「スウィング」は、必ずしもいわゆるベニー・グッドマンなどに代表される、一九三〇年〜一九四〇年代の「スウィング・ジャズ」に限定した言葉ではなくて、音楽になくてはならない「スウィング感」のことである。

良い演奏は、どんな音楽でも「スウィング感」が、必ず感じられるものでなくてはならない。ポルカ、ワルツ、フラメンコ、マーチ、ブルーグラス、ロックはもちろんクラシック音楽にだってある。

しかし「ジャズ」のスウィングは、ちょっと違った仕方でスウィングをする。

それが「シンコペーション」である。

シンコペーション（syncopation）というのは、強・弱・強・弱といった音楽の拍子のアクセントの位置を、ほんの少し前か後にずらして演奏することである。つまり重心が後にあって、基本ビートからやや遅れて演奏するのである。

ジャズのスウィング感は、このシンコペーションされたリズム型式から生まれてくるものだ。演奏がビートと正確に一致しないで、ほんの少しズレている（遅れて乗る）＝シンコペーションが、ジャズ・フィーリングを与え、ソウルフルな味わいを生み出してくるのである。そう、いうなれば賢治のジャズの詩のように。

かつて詩人の菅谷規矩雄氏が、「宮沢賢治の詩の原理をなすリズムの根源をさぐりだすためのメルクマールを、わたしたちはつぎのようなところにもとめうるだろう――ひとつは言語のがわから、ひとつは年譜からである」（『詩的リズム』大和書房）と、述べていたことを思い出す。その比較が興味深い。

氏によれば、「①十五音構成　②南無妙法蓮華経　③シンコペーション（あるいは異化）」と「①大正十年一月〈家出〉して上京、国柱に赴く、二十六歳。②大正十一年十一月、妹トシ病死、享年二十五。③大正十五年八月、羅須地人協会を設立」とが重なるというのである。

どちらも同感する。また同書では「十五音の律化」と題して「かりに宮沢賢治調とでもいった文体の個性をとりだすとすれば、それはつぎのようなところにもとめられるだろう」と以下の指摘をしている。

それならさっきもことはったのだ（家長制度）

けふはぼくもあんまりひどいから（恋と病熱）

向ふの縮れた亜鉛の雲へ
陰気な郵便脚夫のやうに（屈折率）

わたくしはずゐぶんすばやく汽車からおりた
そのために雲がぎらつとひかつたくらゐだ
けれどももつとはやいひとはある（小岩井農場）

ああけふのうちにとほくへさらうとするいもうとよ
ほんたうにおまへはひとりでいかうとするか
わたくしにいつしよに行けとたのんでくれ
泣いてわたくしにさう言つてくれ（松の針）

基軸は、日本語のリズム構成ではマキシマムである十五音の行である——そしてこの構成をかくとくするためにしばしば五音からなるテンポのゆるい序句がひつようとされている。わたくしは……ずゐぶんすばやく汽車からおりた——というように。

わたしたちは《春と修羅》第一集にいたるまでの宮沢賢治の、詩的リズムの推移を、およそつぎのようにえがいてみることができる——

イ、五七五七七（短歌）

ロ、七・三・四（短歌的終止）

ハ、三・四・四・三（俗謡系）

ニ、三・三・七（わらべうた系）

ホ、4・4・7（仏教歌系）

ヘ、十五音＝律

これはひとりの稀有の詩人の固有性をこえて、初期新体詩いらいの近代韻律史がたどるべき必然的な法則性ともいいうるものであった。その発生をもとめるならば、わたしたちは近世初期の俳諧連歌において、発句—俳句（五七五）と附句—俗謡（七七）の分岐を理想的に想定するいがいにあるまい。いうまでもなく〈指示性の根源〉は、後者に暗示される領域に恒常的に存在するなにものかに接しており、新体詩のリズムもまた、前者よりはいっそう後者から発生するのである。

十五音＝律は、日本語の特性からしてとうぜん成立の根拠をもっているが、その主たる動因は、外的には、近世口語音韻体系の定着にともなう七・七音律の〈口語〉化にもとめられる。とくに漢字音の俗語化、それと相関しての長音・促音・撥音の多用による等時的拍音形式のくずれ、そしてその結果、国語における擬＝強弱アクセントの発生ともよぶべき現象による。そのばあい言語のリズムにもっとも強力に作用したのは、撥音によるテンポの加速、それと促音のもたらすシンコペーションであり、かつまた撥音と促音とは相互に呼応するとかんがえられる。
宮沢賢治における十五音＝律は、四拍子四小節から二拍子八小節へとテンポを圧縮してゆくダイナミックな強弱リズムの原型をぬきにしてはありえないものである――その意識のするどさが、かれを他の近代詩人からきわだたせる。《原体剣舞連》の dah-dah-dah-dah-dah-sko -dah-dah にひとつの証左をみてもいい――とはいえこのリズムを、詩の批評のもんだいとして理論的に説ききることはたやすくはないのである。（『同』）

また次のようにも述べている。

中原中也は宮沢賢治の韻律をするどく直覚しえたであろうゆいいつの同時代詩人ではなかったか。中原中也を論ずるには、日本の近代詩にとって三拍子リズムがなにを意味するかの問いが不可避である。一例をあげるなら、〈サーカス〉のなかの、ゆあーん　ゆよーん　ゆやゆよん……に告げられている発語の深さ、そこにふくまれる時間の構造に、中也の韻律の原領域があることを、とりあえず指摘しておこう。

宮沢賢治もまた本質的に、イメジの詩人であるといういじょうに韻律の詩人であった――そこにかれが負わざるをえなかった時代的な条件の深さがある。魅惑でありしかも宿命であったその固有リズムの発見なしには、かれの詩は一行たりとも書かれえなかったし、そもそも言語表現としての心象スケッチは成立しなかったはずである。朔太郎とはまったく逆の地点で、宮沢賢治は口語の韻律性に固執し、ついにひとつの局限にゆきついた。それからすれば、民衆詩派の韻律論（たとえば福士幸次郎）などは、形式主義の無内容なおもいつきにとどまるのである。

宮沢賢治の詩は、韻律のうえからは近代大衆ナショナリズムのリズム原型にたいして、直系の位置にたつものである――では明治期の行軍リズムと、かれの歩行リズムとの決定的なちがいはどこにもとめられるか。

〈国家〉像の上限へと、単一的に強化され昇華してゆく行軍リズムの時間を、それと同系の根源にたちながらも逆に無限の空間に拡大し解放する方法をあみだしたところに、宮沢賢治の独自さがあった。

憑かれたように山野をあるきまわり、それと同時に、詩を書きつづける――という実験に、一九二二年春ころの賢治は自己救出をかけていた。心象スケッチの究極モティーフをなすものが、息ぐるしく切迫する不安な脱出志向であることに、あらためて注目しよう。かれが渇望したのは、内界と外界の全的なシンクロニゼーション（時間の同調）というべきものであった。歩行と書くこととの同調という仮象の〈体験〉のなかで、信仰―思想―文学……とカテゴリカルに転移する三重の自覚過程を、相互に、かつトータルに救出せんとする危機にのぞんでいたのである。（『同』）

高橋世織『感覚のモダン』（せりか書房）の中の賢治論のタイトルは「賢治におけるインプロヴィゼーション、あるいは吃音的身体」であった。

「歩きながら考え、移動しながら歌う」といわれる、賢治の詩作法そのものこそ、もうすでに「ジャズ」のようである、といってもいいのだが、ただし、シンコペーションやインプロヴィゼーションがあるから、それだけでジャズだ、といい切れるものではない。ヨーロッパ音楽でも、シンコペーションはごく普通だし、教会のオルガン奏者の多くはインプロヴァイズしているが、だからといってそれは、けっしてジャズ音楽にはなってはいない。個性的な音の出だしや終わり、ピッチや音色やビブラートといったものが、正確にコントロールされた上で、意識的に脱線されるのが、ジャズの最大の魅力であることは、あらためて言うまでもない。

「七月（ジャズ）」の詩の流れは、こうしたテンションとリラックスを交互に与えてくれる。賢治の詩の独特なリズム感、アクセントこそ、つまりはこの詩のスウィング感こそが「ジャズ」なのである。

「感覚のモダン」の中では、次のようにも述べられている。

『銀河鉄道の夜』は、新世界交響曲や賛美歌などいくつかの名曲が象嵌されている一種の音楽小説仕立てになっているわけだが、音楽におけるフーガ（遁走曲）のように、こうした〈遅延〉主題群がどこまでも続いていく。

そもそも音楽とは、遅れやズレ、歪み、反復、逆行、ときには空白《サイレンス》といったマイナス気味の要素を積極的に意識し、かつまた造出して、平板希薄な日常の時間とは異質な、厚みをもった未来の時空にさえも食い込みつつ巻き込んだ、そのように輻輳《ふくそう》した時の束が構造・様式化されることによって新たな時間を体験するところの芸術に他ならない。

ところで〈遅延〉には遅れる意味と、延ばし続く意味とが重なりあっている。後者には、「どこまでも」、「不完全な幻想第四次」の鉄道として、永遠の未完成《ノンフイニツト》として「みんなといつしよ」に「どこまでもどこまでも僕たち一緒に進んで行こう」という祈りと悲願が込められていたのだ。

(『同』)

また、この「ジャズ」の詩が、草野心平(一九〇三〜八八)によって大正十四(一九二五)年四月に創刊された同人詩誌「銅鑼」七号に発表されているというのも、あらためて注目し直しておくべきことのように思う。

「大正の終りごろのプロレタリア詩の勃興期に『銅鑼』はアナキズム詩人たちのよりどころの一つのように思われていた」(秋山清『アナキスト詩集』海燕書房)詩誌であったからである。しかもこの七号はガリ版刷りだった。

大正十四年七月に中国から帰国した草野心平の誘いで同人となり、四号(九月)から十三号(昭和三年二月)にかけて賢治は十一篇の詩を発表している(同人費は一円)。

「銅鑼」は十六号まで出ていて、ガリ版で刷っていたのは十六号までのうち、一号から五号までと七号、十号だけで、他は活版だったそうだ。有名な「永訣の朝」も「銅鑼」九号に発表されたものである。
また大正十四年とは、その前年四月二十日『心象スケッチ　春と修羅』、十二月一日『イーハトヴ童話　注文の多い料理店』を自費出版したばかりで、一月に「赤い鳥」に「注文の多い料理店」の広告を載せている。しかし結果、ほとんど売れ残ったという。
前述の秋山清の「銅鑼」評も読んでおこう。

オルガナイザア草野心平を中心に集まった大正末期から昭和はじめのヒューマニズムの詩人たち、これが『銅鑼』であり、同人であるなしにかかわらず、高村光太郎、宮沢賢治、森佐一、岡田刀水士、竹内てるよ、神谷暢、坂本遼、三野混沌、猪狩満直、この人々のかもす雰囲気には、社会と国家と階級とにたいする分析の不足とたたかいの意識の不十分が、多すぎる愛の意識で埋められていた感がある。そして唯心的な、いくらか宗教的ななにものかもつきまとっている。たしかに階級的自覚の中途半端さをヒューマニズムと自由主義で補っていた上に、つけ加えて芸術至上主義的文士気質と農本主義のにおいがあった。

これらの良心は、大正末、昭和初めの社会主義的昂揚期と足なみそろえつつアナキズムをえらんだのである。詩壇にアナキズムの流行があったこと、非合法運動につながるものとしてのボルシェヴィキのプロレタリア文学に加えられる弾圧にかえるに、アナキズムによる良心の安堵があったのだという、やや行きすぎかもしれない断案を私は『銅鑼』とその周辺に下そうとする。『銅鑼』だけでなく、その時期の、雑多な詩雑誌の反抗意識のなかに、そういうリベラリズムの

強味と弱味があったという回顧を私はもっている。（秋山清　前掲書）

そして草野心平の賢治評も。

現在の日本詩壇に天才がゐるとしたなら、私はその名誉ある『天才』は宮澤賢治だと言ひたい。世界の一流詩人に伍しても彼は断然異常な光を放つであろう。彼の存在は私に力を与へる。存在――それだけでも私にとつてはよろこびである。（中略）私はいまは只、世間では殆んど無名に近い一人のすばらしい詩人の存在を大声で叫びたいのである。（中略）今後彼がどんな仕事をして行くか、恐るべき彼の未来を想ふのは私にとつて恐ろしいよろこびである。」（「詩神」八月号　大正十五年）

この評言はただごとではない。もちろん、誰にも発見のよろこびはあるだろう。その詩人が無名の存在である場合は、いっそうそのよろこびは大きいだろう。だが、当時の賢治のようなまったくと言っていいほど無名の存在に対して、こんなふうに絶対的な讃辞が捧げられた例を私はほかに知らないのである。

こんな場合、人びとは、まずたいてい「まことに興味深い新しい才能である」とか「今後が楽しみである」とかいった評言でお茶を濁すものだ。評者自身が強力な個性をそなえた詩人である場合はなおさらのことだ。だが、心平の賢治評には、そういう及び腰のところやライヴァル意識めいたところは、あるいはまた何かをほめあげることによって自分自身を打ち出そうとする下心のようなものはまったくみられない。

彼は、虚心に全身的に賢治を讃えているだけだ。賢治に対する心平のこのような姿勢は、このときばかりではない。その後数十年のあいだ、終始一貫して変わることはないのである。

もちろん、心平の賢治評はこういう讃辞ばかりではない。彼は一九三一年に『詩神』に発表した「宮沢賢治論」のなかで「彼は植物や鉱物や農場や虫や音楽や動物や人物や海や万象を移動カメラに依つて眼いつぱいに展開させる。光と音への異常な感受性に依つて確適《ママ》に自然を一巻にギヨウ縮シタ東北の純粋トーキー」と言う。また、「彼は彼の心象に映る風景の中の一点であり、同時に作品の中の彼も客観的一点であるに過ぎない。主観と客観は相共に融合し彼の全作品にまんべんなくにじんでゐる。スケールの大がここからくる」と言う。こういう彼の評言はまことに見事であって、ここで彼は、賢治の詩の本質と構造とを一挙に見抜いていると言っていいだろう。

(粟津則雄「宮沢賢治と草野心平」『宮沢賢治』17号　洋々社)

ジャズの浅草

「ストトン　ストトンと通わせて」

という演歌をなぜか知っている。一番だけならいまでもすぐ歌える。ラジオからなのか、あるいは多分明治生まれの父親が酒でも呑みながら鼻歌ででもよく歌っていたからなのだろうか。

歌は「ストトン節」(添田さつき詞曲)といって大正時代の流行歌なのである。

同じころの歌で、もう一つ、

〽ラメチャンタラギッチョンチョンデ
パイノパイノパイ　パリコトパナナデ
フライフライフライ

というわけのわからないフレーズのところだけ覚えている歌があるので、気になって調べてみたらこちらは「東京節（パイノパイ）」といい、作詞は「ストトン節」と同じ添田さつき。そして「作曲者不詳」となっていた。

一番では「丸の内」「日比谷公園」「帝劇」「警視庁」「東京駅」などなどが歌われているが、二番は、いきなり浅草になる。

「雷門」「仲見世」「浅草寺」「活動」「十二階」「花屋敷」までは、まあ順当なのだが、「なんだこん畜生でお巡りさん」「スリに乞食にカッパライ」で突然に終わる。

そして「ラメチャンタラギッチョンチョンデ」の繰り返しに戻る。

添田さつきは、あの演歌師・添田唖蟬坊（一八七二〜一九四四）の所縁になる人なのだろうが（二代目だった）、それにしてもこの歌の「浅草」のイメージはそうとうに悪い。昔は本当にこうだったのだろうか。

ぼくが浅草へ最初に出かけたのは、きっと昭和三十年代、小学校時代に花屋敷に菊人形を見に行ったときだろう。途中記憶はとぎれるが、二十代になってから会社の先輩たちと「神谷バー」や「松風」でお酒を呑んだのは、よく覚えている。

浅草のストリップも、吉原や玉の井の遊郭についても、あることはもちろん知っていたが足を踏み入れたことはなかった。

国際劇場での浪曲大会（ＳＫＤもなんどか見ている）、木馬亭の浪曲、木馬館の梅沢武生・富美男兄弟の梅沢劇団はお気に入りだったので何度も通っている。

鷲神社の酉の市、浅草寺の花まつり、仲見世はしょっちゅう歩いていたが、しかし一体何をしに出かけて行ったついでなのだろうかがよく思い出せない。

それから「パイノパイ」の歌に出てくる「すし・おこし・牛・天ぷら」も全部食べている。それと「うなぎ」も。「牛」というのはスキヤキではなく「牛めし」のことだろうか。

添田さつきの時代とははるか遠いが、かつての浅草という街は、エネルギーいっぱいのそうとうに面白い街だったことが、この「パイノパイ」の歌でうかがえる。

添田唖蟬坊の『浅草底流記』（刀水書房）の「六区展望」で描かれる浅草は、無茶苦茶に面白い。「浅草の『衆愚』」と題された文章は、こんなふうだ。

観客席が充満すると、役者も、唄うたいも、踊り子も、説明者も、ぐンとアブラがノッてくる。その中に一足踏み込むと、誰だって心のタガをゆるめてしまうだろう。この時、安来節における舞台と野次の応酬の如く、舞台と客席の境が消えて、渾然一体に溶け合うところの、浅草独特の空気が醸されるのである。

浅草の野次は、奇知縦横、かつ犀利な批評眼を持っている。天真爛漫な野次を爆発させる反面には、浅草人はまた冷哲な無言の批評をする。この野次と、声のない批評との下に、数多の役者、劇団、等々が生き、あるいは葬られていった。

浅草の観衆は、無遠慮で粗暴だ。その代り正直だ。ツマらない芝居を窮屈にカシコまって辛抱するようなバカな真似はしない。また、どんなキラにもたぶらかされない。どんな名門、どんな看板を背負《しょ》ってきても、彼らの「心」に触れるものがないならば、容赦なく黙殺してしまう。

ずいぶんバカげたものや、愚劣なものが流行る場合がある。それは、表面的にはいかにも腑甲斐ないものであっても、その底を流れる、「あるもの」が、民衆の心にピッタリと触れるからである。

浅草の民衆は教養がないということをよく聴く。民衆に教養がないということは、民衆自身のせいじゃァないんだから、そんな処へケチをつけられちゃァ、迷惑だ。もちッと素直にその批評に「民衆の心」を聴いてみる量見になったらどうか。

この「浅草人の批評」は、論理的ではない。直感である。理論的でない批評には、価値がないなどと、誰か言うであろうか。

衆愚の浅草は同時に叡智の浅草である。

浅草は論理の世界ではない。実行の世界である。具体の境地である。

だからこそ、遠慮なく高笑いもできようというものなのだ。

同じ昭和五（一九三〇）年の川端康成（一八九九〜一九七二）の浅草紹介も、当時の浅草がいかに面白かったかをいまに伝えてくれる。

浅草は浅草　浅草は「東京の心臓」であり、また「人間の市場」である。万民が共に楽しむ——日本一の盛り場である。従ってまた、歓楽の花の陰に罪悪の匂いが漂う、暗黒の街でもある。——しかし何よりも先ず浅草は浅草である。

浅草ほど、時代を刻々に、そして敏感に、大胆に反映している土地は二つとない。興行物は云うまでもない。露天商人の口上からも、艶歌師の歌からも、立売りの玩具からも、飲食店の中からも、人々は痛烈な時事漫画を見せられる思いをするにちがいない。ただしかし浅草は、どんな新しいものを受け入れる場合にも、浅草風に——つまり、浅草型に変形してしまう。例えば、「モダン」なあらゆる流行も勿論浅草へすさまじい勢で流れ込みつつあるが、ここでは銀座のようにアメリカ直訳風ではなく、大胆な和洋混合酒となる。

ここにもう一つ——明けても暮れても激しい時代の流れ、歓楽の渦巻きの浅草でありながら、浅草はその流れの底に、ほの暗い淀みを、また霞のような悲しみを、青白い光のような怪奇を感じさせる。これは浅草が大衆の歓楽場であると共に、邪道の職業者、敗残者、失業者、不良少年少女、犯罪者——もう一つ下って、世を捨てた浮浪人や、乞食にとっても、二つとない楽園だからであろう。（『日本地理体系』第三巻「大東京篇」改造社）

そしてこの街に待望の「ジャズ」がいよいよ登場してくる。

音羽座は十次郎等の喜劇である。金龍館は泉虎等の春秋座の喜劇である。しかしながら、これらの曾我廼家風の喜劇も、映画まがいの剣劇も、だんだん大衆の歩みに取り残されようとしつつあるのではないかと思われる。

特殊なものとしては、浪花節の万成屋、女義太夫の初音館、講談の金車亭、落語の橘館、レヴュウの水族館などが数えられるが、これらの「専門小屋」は、それぞれ古い浅草の名残りか、新しい浅草の前振れであるにちがいない。

例えば、去年の秋水族館に旗揚げをした、カジノ・フォウリイのレヴュウ団は、踊りそして歌うのだから、昔の日本館や金龍館のオペラ華やかなりし頃を思い出させるけれども、それは決して「浅草オペラ」の復活ではない。これは、ジャズであり、レヴュウである。近代風なエロチシズムと、ナンセンスと、テンポと、一言でいえば、西洋映画のレヴュウの模型である。

レヴュウとジャズと――この言葉程、一九二九年から三〇年の浅草で、興行物の看板に乱用されたものはない。とりわけ、「変型の寄席」とも呼ぶべき、江川大盛館や、遊楽館や、帝京座や、玉木座や、江戸館などの演芸館には、奇怪な「和製レヴュウ」が、競争的に続出した。安来節の歌い手が、声楽家風の裾模様にフェルト草履、ピアノ伴奏、しかも安来節の間に、藤原義江流の歌い方で「出船の港」をはさみ――つまり、安来節を独唱する。また、安来節の踊子が振袖で、いや時には日本髪にワン・ピイスの洋装で、三味線や太鼓及び洋楽――「和洋ジャズ合奏」の「東京行進曲」に合せて、ジャズ・ダンスを踊る。――云わば、流行ジャズ小唄的な騒ぎが、何よりも一九三〇年の浅草である。

寄席芸人達は、その空気を追っかけるために、それぞれの智慧を絞って奇をてらい、イカモノとなり、インチキとなり、見るも痛ましいばかりである。安来節、小原節、万才、手品、曲芸、笛、都々逸、物真似、ダンス――その他なんでもの百芸大会さながらの演芸館で、土方や職人や立ん坊や、浅草的な人々が、まるで彼等の宴会に芸者を招いたようなつもりで、野次ったり、歓呼したり、最も浅草らしい空気を醸しているのである。(『同』)

この「安来節」の和洋「ジャズ」がどんなものか、にわかには想像できないのだが、浅草カジノ・フォーリーといえば、喜劇王・エノケンである。

カジノ・フォーリーとは、パリの劇場フォーリー・ベルジェールと、カジノ・ド・パリを合成したネーミングである。昭和四(一九二九)年に結成された。

エノケン(榎本健一)のジャズについては別章でもう少し詳しく知ることにして、気になるのは「安来節のジャズ」というものがどんなジャズだったかである。

江戸川乱歩(一八九四〜一九六五)が、「浅草趣味」のタイトルでその「和製ジャズ」こと「安来節讃美」を書いている。

僕にとって、東京の魅力は銀座より浅草にある。浅草ゆえの東京住まいといってもいいかもしれない。もっとも、活動写真の中心が浅草を離れた形で、その上「プロテア」時代の魅力ある絵看板も禁ぜられているので、やや昔日の俤《おもかげ》を失ったが、それにしても、やっぱり浅草は浅草である。江川玉乗り一座のなくなったのは淋しいが、時々小屋掛けのサーカスも来るし、「花やしき」には昔ながらのダーク人形、山雀芸《やまがらげい》をやっているし、平林、延原両兄が乗った木馬館のメリーゴーラウンドもあるし、因《ちな》みに、これには僕も乗ったし、最近では横溝正史兄が乗って、大いに気をよくした由である。また僕の大好物の安来節もあるし、そこへ時々は女角力《おんなずもう》なんて珍物も飛び込んでくるのだ。何とも嬉しくて耐らないのだ。

こうした趣味を、俗にいかもの食いと称する。だが、いつも小説でいうように、浮世のことに飽き果てた僕達にとっては、刺激剤として探偵小説を摂ると同じ意味で、探偵小説以上の刺激物として、それらのいかものを求めるので、探偵小説も、たとえば安来節も、少なくも僕にとっては、同じような刺激剤の一種に過ぎないのだ。その安来節には、一時ひどく凝ったもので（という意味は、何もそれの女芸人に凝ったことではない）、安来節讃美の辞《ことば》は、きわめて豊富に持ち合わせているわけだが、今その一端を洩らすならば、

まず第一は、和製ジャズといわれているとおり、小屋全体が一つの楽器であるがごとき、圧倒的な、野蛮極まる、およそデリケートの正反対であるところの、あの不協和音楽の魅力である。これは浅草公園のある小屋に限られている現象で、まして他地方の安来節にはほとんど見られないところだが、舞台の唱歌がだんだん高潮に達してくると、小屋全体に一種の共鳴現象が起こる

のだ。最初は半畳とか弥次とかいうものだったに相違ない。それが徐々に形をなして、音楽的になって、いつの間にか今日の、舞台と見物席の交響楽が出来上がったのであろう。それを第三者として傍観していると、数時間にして、さしもの刺激好きも、すっかり堪能させられるのである。

もう一つは、僕達の通り言葉なんだが、あれの持つネジレ趣味である。ネジレというのはどこかの方言で、いやみと訳せばやや当る。いやみたっぷりなものを見ると、こう身体がネジレて来る。そのネジレを名詞に使ったのだ。われわれは一応ネジレなるものを厭《いや》に思う。だがそのネジレさ加減があるレベルを越すと、今度はそれがいうにいわれぬ魅力になる。(「新青年」一九二六年九月号)

この江戸川乱歩のエッセイが書かれたのは大正十五年、まだエノケン、カジノ・フォーリー登場以前の浅草である。

しかし、川端康成が浅草の魅力を、同じ「モダン」の流行でも「銀座のようにアメリカ直訳風ではなく、大胆な和洋混合酒となる」「浅草風に——つまり、浅草型に変形してしまう」ところにあると述べているように、これこそ乱歩のいう「ネジレ」感覚なのではないか。

「圧倒的な、野蛮極まる、およそデリケートの正反対であるところの、あの不協和音楽の魅力」は、「いかもの食い」の乱歩趣味にピッタリだったということだろう。

それにしてもなぜよりによって「安来節」だったのだろう。「安来節」が山陰地方・出雲の代表的民謡であることはもちろん知っているが、あのどじょうすくいのコミカルな踊り、リズム、テンポの軽快さ（スウィング感）がこれぞ「和製ジャズ」にふさわしい、と誰かがわざわざ考え出してきたものなのだろうか。

川端康成のエッセイの中には、もう一つ、「小原節」が出てくるが、大正時代にどうやら一大「民謡ブーム」というような一時期があったらしい。そしてその隆盛をつくった多くの要因は、民謡のレコード化で、おかげでもともと一地方だけのものだった民謡が、全国に流行唄化して流れていったようである。

民謡のレコード化された歴史については、永い間コロムビア・レコードの文芸部長として活躍された森垣二郎氏の近著『レコードと五十年』（河出書房新社）に詳しいが、それによると、まず最初にレコードに取り上げられた民謡は、大正五年、堀込源太吹込みの「八木節」で、これがレコード化されるや、そのリズムのおもしろさ、テンポの軽快さ、メロディの地方色などから、たちまち当時の大衆を魅了しつくしてしまったという。この八木節に次いでレコード化されて民謡を開拓したのは、「江差追分」「安来節」「磯節」「木曾節」「からめ節」「福知山音頭」等であった。ところで当時の民謡の多くは、現地のままでなく、地方で歌われたもののうちで座敷唄として適用するものを、花柳界で芸者が三味線にのせたものが主であった。つまり多分に現地ものが三味線調にゆがめられ、都会化されていた。（浅野建二『日本の民謡』岩波新書）

つまり民謡の「唄の本来は、神に仕える目的であったり、労働に起源を持っていたものが、たま

たまフシやリズムの面白いために酒盛唄などに流用されたものが多い」（浅野建二）
まさに「安来節」はこの条件にピッタリの民謡だったということだろう。
それにしてもこの「安来節」による「和製ジャズ」に、まだまだとてもこちらの想像力がついていかない。
『日本民謡全集』（雄山閣）の荒木八洲雄氏の「民謡概説」を読むと、なんとか、その雰囲気が伝わってくるような気がしてきた。

島根県の民謡を出雲、石見《いわみ》、隠岐《おき》の三地域に分けて考えてみると、まず出雲では山陰民謡の王者ともいうべき「安来節」をあげねばなるまい。「安来節」といえば、〝あのどじょうすくいですか〟といわれるほど、いまや日本の全国津々浦々にまで知れわたった日本全国の民謡とでもいうべき普及をとげたということは、「安来節」を愛好し演唱してやまない筆者にとっては、まことにうれしいことである。

〝テ、テン、テン、チン、トン、ドン、ツテン〟という三味線、太鼓のはやし、名状しがたい軽快なテンポのリズムを聞くと、筆者はとてもジッと落ちついてはおれない。つい踊りだしたくなる衝動をおさえるのに苦労する。あの独特の味わいは、とうてい他地方の人たちの模倣を許さぬもので、地元の出雲でなければ現しえぬニュアンスをもっている。出雲弁独特のことばの表現や、よくきいたコブシまわし、歌の抑揚や語尾そのままの真似ができぬからである。だから、
〽出雲なまりを　ついさとられて

うたいましたよ　安来節

ということにもなるのである。

もっともこの「安来節」の三味線をこなすには相当の年期と努力を要するので、なまなかな三味線びきにはその味わいがだせないもので、単なる猿真似では完全にひきこなすのはむずかしい。踊りにしても同様である。今後は大いに交流の場を持ちたいものである。

この「安来節」は、日本全国はもちろんのこと海外でも大いに歓迎されて、いわば民間外交親善に大きな役割を演じている（中略）

また昭和四十三年（一九六八）、アメリカに渡って歌と踊りを披露したところ、翌日の新聞の批評がまた傑作である。

「ジャパン　フォークソング　ヤスキブシ　スモールフィッシュ　キャッチダンス　チャンピオン　ヤスオアラキ　ワンダフル」

にはドギモを抜かれて大笑した。「安来節」のリズムをアメリカ人が、身体をゆり動かして真似していたのが深く印象に残った。（同書）

そして次のような「安来節」の解説にもかつて「和製ジャズ」とわざわざネーミングされていただけの片鱗がうかがえるのかもしれない。

漢東種一郎「風土と芸能」（『日本民謡全集』）では、次のように「安来節」について書かれている。

「安来節」はうたいだしの詞によるもので元歌は、

〽安来千軒名のでたところ
社日桜《しゃにちざくら》に　十神《とかみ》山
十神山から沖見れば
いずくの船かは知らねども
滑車《せみ》の下《もと》まで帆を巻いて
ヤサホヤサホと鉄積んで　上のぼる

とうたわれ、現在はそれを半分にしてうたっている。

ところでこの「安来節」のうたい方だが、ノドを開きっぱなしでうたうのではなく、ノドの収縮が自由自在でなければいけない。メロディを正確にうたっても唱歌のようになったのでは、この歌の感じが出ない。高音部はノドをしぼり、低音部はノドを開くようにする。つまり、うたい方のむずかしい歌なので、「安来節」愛好者からよくうたい方の質問に接するが、その多くは、第一節《ふし》まわしができない、あの高音部が壁になっているという。

人間にはそれぞれ持って生れた声質があるので、無理に声質に合ぬ声を出す必要はない。自分の声質なりに、ふし回しや、間合《まあい》の伸縮を研究すればよいので、無理な声ではたのしい民謡の歌ではなく、絶叫に近くなる。コロコロと小節《こぶし》をきかせる、独特な節まわしに無理のない声でこそ、

味わいも出てこようというものである。（中略）

それぞれ独特の特徴を持った演唱者がいるが、なかでも「お直節」の一か所声調を上げて、さあっと下ろしてゆく独特の節まわしには注意を要する。だいたい〝愛之助調〟をマスターできればいいと思う。要は自分の「安来節」をうたえばよいのである。

こんな名人芸の歌と三味線に「どじょうすくい」のコミカルな踊りや、即興の仁輪加《にわか》（俄芝居）まで次々に繰り出してくるのだから、たしかに盛り上がりそうである。

「和製ジャズ」というより、「和製ミンストレル・ショー」の趣きがここにたっぷりありそうだ。しかしもともと出雲名物のはずだったものが、いつのまにか浅草名物になってしまっていたというのがなんとも面白い。

松山巌「大道芸人たち」（『乱歩と東京』パルコ出版）によれば、それは次のような理由になるらしい。

安来節の人気は、女相撲のような異様さや玉乗り娘の技にあったわけでなく、娘たちが着物をたくしあげ、素足を見せ、赤い腰巻をチラつかせながら、腰を今までにないテンポの早いリズムに合せて左右に振る所にあった。どじょう掬いの所作に観客は擬似的な性行為の動作を見て、それに合せて声を掛けた。そのため、安来節は民謡に合せて踊るため伝統的な芸のように見えるが、内実はむしろエロ・グロ・ナンセンスの時代が生みだしたものであった。これはそのまま、震災後の浅草を語る時、必ず口に上るカジノ・フォォリーの芸に繋がって行く。

「ユリイカ」（二〇〇七年二月号）「特集・戦後日本のジャズ文化」に大熊ワタル「ニッポンジャズ事始・異聞」「チンドンもジャズだった？」というエッセイがあった。

一九九一年にリリースされたＣＤブック『日本の庶民芸能入門』には、チンドン屋で最古のレコード吹き込みだろうと思われる録音が収録されている。

戦前の東京のチンドン界では名物男だったという鈴勘とその一党、鈴勘連中の「街のチンドン屋」という曲で、自ら出囃子を無難にこなすと、鈴勘がややもったいぶった口上をのべている。「おなじみ、街のピエロ、鈴勘でございい〜」……などという口上に続いて聞こえてくるのは、なんといきなり「ジャズチンドン」というフレーズだ。ん？　チンドンは、その昔からジャズだった!?

いや、少し落ち着いて、鈴勘のいうジャズとはなんのことか、検討してみよう。まず、オープニングの出囃子演奏は、太鼓類や三味線と、クラリネット、トランペットといった吹きモノによる和洋合奏だ。特別に上手いとはいえないまでも、後世のチンドン屋にそのまま通じるような、しっかりした味のある演奏だ。ここで、チンドン囃子の演奏そのものをジャズと呼んでいるのか、そうでないのか、断言はできないが、少なくとも特別にハイカラな点は見出せない。

では彼の口上に注目してみると、「鈴勘独特のジャズチンドン、ワンダースの道具調べを〜」

と述べつつ、これはシンバル、これは木鐘、はたまたトレードマークの鈴、そして豆太鼓、中太鼓、大太鼓、釣鐘（?・トライアングルのように聞こえる）……、などとご自慢のチンドンセットのパーツをひとつずつ叩きながら音を披露している。

そして、目を引く（いや耳につく?・）のは、合間ごとに、ラッパ型クラクションをしきりに鳴らして、これはおならじゃありません、などととぼけたことを言っている。絵が見えないし、それほど笑えるギャグにはなっていないのだが、すくなくとも、ドタバタ映画のようなスラップスティック感を狙っているのだと思われる。（大熊ワタル「ニッポンジャズ事始・異聞」）

「安来節」とこのチンドン音楽がストレートには当てはまらないが、「ここで、鈴勘がジャズという言葉に込めたのは、単なるハッタリや雰囲気でもあるだろうが、しいて言えば舶来っぽいモダンなドタバタ感、そんな感じもあっただろう」（大熊ワタル）という点を、「安来節」=「和製ジャズ」にも当てはめて考え直してみることも大事なのかもしれない。つまりこれこそ「アチャラカ」なのである。

このナンセンスな「いかもの」好き、そして、ネジレ趣味のグロテスクもの好みは、江戸川乱歩に代表されるエロ・グロ・ナンセンス時代ならではの特有のおもしろさなのであるが、こうした明治・大正期のハイカラ文化、そして昭和初年代のモダン文化は、いまでもぼくらが憧れてしまうだけの意味がもっとたくさん残っているように思える。

ハイカラもモダンも、それは西洋風という意味合いだけではけっしてないのである。

反日常的で、奇妙な想像力を刺激してくれるものへの偏愛。いわゆる「健全」とされるものから逸脱することへの快感。ナンセンスな（無意味なこと、馬鹿げたこと）ユーモア感覚など、学ぶべきこと、そして共感することはたくさんある。

とくに明治末期・大正・昭和初期へと、その成長期を送った、こうした明治第三世代の人々の反抗の精神の在り方がぼくは好きだ。

たとえば、江戸川乱歩（明治二十七年生）、以下、夢野久作（明治二十七年）、金子光晴（明治二十八年）、宮澤賢治（明治二十九年）、稲垣足穂（明治三十三年）、北園克衛（明治三十五年）、春山行夫（明治三十五年）、古川ロッパ（明治三十六年）、榎本健一（明治三十七年）、坂口安吾（明治三十九年）などなど、それと女性一名追加。淡谷のり子（明治四十年）。思いつく名前をこうやって挙げてみるだけでうれしくなる。

大正デモクラシーとよばれる時代に、青春を送った人々には、それぞれ独得の大正モダニズムの輝き（とその反発）がある。そしてモダンボーイのはずなのに、どこか明治生まれ独得の頑固で、そのうえ無骨な懸命さが魅力的だ。

あらためて、という気持ちになって「安来節」を、今度ちゃんと聴いてみたい。それもできればライブで。

川端康成の『浅草紅団』とジャズ

「エロ・グロ・ナンセンス」と呼ばれた時代は、いったいいつごろからいつごろまでのことをいうのかはっきりとしないが、川端康成の『浅草紅団《くれないだん》』に描かれている時代は、まさにこの呼び名の時代にぴったり入りそうだ。

『昭和家庭史年表』（河出書房新社）の昭和五年の流行語に、「ルンペン、銀ブラ、アチャラカ、エロ・グロ・ナンセンス、ＯＫ、シック、男子の本懐」とあった。

川端康成が昭和四（一九二九）年から五年まで「東京朝日新聞」に連載していた小説『浅草紅団』には、その昭和の浅草、そしてその後の浅草オペラの変遷の様子が進行形で克明になまなましく記録されている。


「和洋ジャズ合奏レヴユウ」という乱調子な見世物が、一九二九年型の浅草だとすると、東京にただ一つ舶来「モダアン」のレヴユウ専門に旗挙げしたカジノ・フオウリイは、地下鉄食堂の尖塔と共に、一九三〇年型の浅草かもしれない。

エロチシズムと、ナンセンスと、スピイドと、時事漫画風なユウモアと、ジヤズ・ソングと、女の足と——。

一、ジヤズ・ダンス「テイテイナ」。二、アクロバチツク・タンゴ。三、ナンセンス・スケツチ「その子、その子」。四、ダンス「ラ・パロマ」。五、コミツク・ソング——と、十一景のヴアラエテイが、さうだ、踊子たちは舞台の袖で、乳房を出して衣裳替へする程、あわただしい暗転だ。

そして、六、ジヤズ・ダンス「銀座」だ。

……

帯の幅ほどある道を
セエラ・ズボンに引眉も
イイトン・クロップうれしいね
スネエク・ウッドを振りながら

シルク・ハットを斜めにかぶり、黒ビロウドのチヨッキに、赤リボンのネクタイ、白く開いた衿、細身のステッキを小脇に抱へて——もちろん女優の男装で、足は裸だ。そして、腰までのスカアトに靴下なしの娘達と腕を組み、「当世銀座節」を合唱しながら、銀座散歩の身振りよろしく踊り歩くのだ。

と、闇でたちまち、「深川とかつぽれ」——水浅葱色のハッピ・コオト一枚のいなせな若衆二人の踊につれて、お下げの髪が揺れるのだ。

舞台では「フイナアレ」だ。

——(なんとかかんとか)モダアン・ボウイ
——(なんとかかんとか)モダアン・ガアル

と、歌ひ返しのある「モダン節」を合唱しながら、楽屋総出で踊つてゐる。はねだ。

当時の舞台の様子のうかがえるところだけを抜き出してみたが、ショーの中身が少しだけはわかってくる。

「ジャン・コクトオの〈エッフエル塔の花嫁〉の舞台に似た書割を、ちゃんとカジノ・フオウリイが使つてゐたからだ」などと、あったりする。

あるいは、他の劇場ではこんなレビューが演じられている。

マロニエの青葉薫る、巴里はシャンゼリゼエ界隈のオペラ氣分を漂はせる――ドラマチック・ソプラノ、オデット・デルテイ女史獨唱。

松竹座の看板の文句だ。七月の第一週のレヴユウだ。

第二週は、

――眞珠の裸體美から發散する、滿々たるエロ情緒――ロシア舞踊家、ワレンナ・ラトセンコ女史の一行。

萬盛座は、タマアラ、ミラア、ワアリヤ、ルフア――ダニレフスキイ姉妹のメトロ舞踏團だ。ジプシイ・ダンス、コザック・ダンス、スパニッシユ・ダンス、ジヤズ・ダンス、人魚、――ロシア娘が甘いなまりの日本語で、「神田節」や「當世銀座節」を合唱するのだ。

帝京座の「混成舞踏團」には、シグネ・リンタラとレナ・リンタラ。

――フインランドの歌姫と踊子。

といふ看板で、母のシグネが「おけさ節」を歌ひ、十ばかりのレナは花冠に日本の振袖、「佐渡おけさ」を踊るのだ。

かと思ふと、黒繻子の服にシルクハット、片手にステツキといふ男装で、

――私はチヤアリイ・チヤツプリン
いつも陽氣な道化者
……

と歌ひながら、例のチヤツプリンの家鴨歩きとコザツク・ダンスとを、まぜこぜにして踊るのだ。（『同』）
そして一気に競ってエロ・グロ・ナンセンスの時代に突入することになる。
ここには、かつての田谷力三やシミキンたちの浅草オペラの面影は、もはやまったくなっていくのがわかる。
しかし諸君、オペラ花やかな頃の思ひ出を少しばかり語るのに、實をいへば、私は諸君に何の遠慮もいらないのだ。

十年前のオペラ女優が、レヴユウの踊子に返り咲いた、今の淺草ではないか。

そこで、一九三〇年の七月にかへつて——レナ・リンタラなぞの、帝京座「混成舞踏團」だが、「ジャズ・かつぽれ」なんかにはびくともしない私も、

「こいつはいくらなんでも混成過ぎる。」と、膽をつぶしたのは、豐年齋女海坊主と松山浪子の混成舞踏「手綱」だ。

例の「和洋ジャズ合奏」——そして、浪子はセイラア服の青い眼の水兵、女海坊主は振袖の日本娘、それが白布の手綱をあやつつて、手ぶり身ぶり、戀人ごつこをするのだが、水兵は西洋の踊を踊りながら、娘は日本の踊を踊りながらだ。

六月の昭和座に天勝一座で踊つていた澤モリノまでが、そこへ「混成」して來て、十年前と同じ「子守」や「ジプシイ生活」——顏を動かすと、猿のやうな皺だ。

それにくらべると、音羽座の木村時子は、

「あんなにしやあしやあづうづうしい女つて世の中にあるでせうか。」と、さすがの不良少女もあきれかへるほどの、全くづうづうしい若さなのだ。

日本舘はエロエロ舞踏團の第一回公演だ。

——イット・ガアル裸形の大亂舞。

諸君、看板の言葉ですぞ。

東京舘の北村猛夫、藤村梧朗。藤田艶子など、白鳥レヴユウ團の外題は、

——裸體大行進曲。

――なんでもかんでもグロテスクだよ。

日本館へはまた、白痴の脂肪のやうな河合澄子が歸つて來た。

澤カオルは觀音劇場から淺草劇場へ引越した。田谷力三や柳田貞一も、消えたり現れたりだ。

オペラ役者の藏ざらへも、もう澤山ではないか。

電氣館のパラマウント・シヨウの第四回と第五回――これは六月のことだが、春野芳子のジヤズ・ダンスと南榮子のチヤアルストン、これだけがやつと一九三〇年らしい踊なのだ。

しかし「孤城落月」の女義太夫を追つ拂つた初音館まで、

――超尖端的大演藝大會
と、看板を塗り替へるのだ。

「なんでもかんでも」が「ボオドビル」だ。「ヴアラエテイ」だ。「レヴユウ」だ。

そして、河合澄子舞踊團の「唐人お吉」と、カジノ・フオウリイの「キツス・ダンス」とが、餘りに「エロ・ダンス」で、その筋のきついお叱りだ。(『同』)

昭和四年から五年を年代で追っていくと、こういう世相である。

昭和四年四月一日　初の国産ウイスキー発売。
四月十六日　共産党員の全国的大検挙。
四月　映画「大学は出たけれど」上映。

八月十九日　ドイツ飛行船ツェッペリン伯号が来日。
九月十五日　東京―下関間特急「富士」「桜」を命名。
十一月一日　全国の失業者約三十万人と内務省発表。
十二月十六日　憲兵司令部に思想研究班できる。
十二月十六日　東京駅八重洲口が開設。
昭和五年一月二十一日　ロンドン軍縮会議開く。
二月二十六日　共産党員大検挙　七月までに全国で千五百人が検挙される。
三月九日　ダンスホール・フロリダで、ダンサー六十七名がストライキ。
四月九日　鐘紡、ストライキ突入。
五月　横山エンタツ・花菱アチャコのコンビ初出演。
九月十九日　漁夫に二十時間労働を強制し、死者十数人を出した蟹工船エトロフ丸が函館に入港。首謀者を検挙。
十一月十四日　浜口雄幸首相、東京駅で狙撃される。
十一月十六日　富士紡川崎工場ストで煙突男出現。
十一月二十四日　警視庁、エロ演芸取締規則を通牒。股下二寸未満のズロースなど禁止。
十二月十五日　東京の十五新聞社、疑獄事件に関する政府の言論圧迫に対し共同宣言。
十二月　紙芝居に「黄金バット」登場。

そして満州事変へと進む。『浅草紅団』（新潮文庫）で十返肇はつぎのように解説する。

『浅草紅団』は作者によれば「いはゆるモダアニズムが風俗にまた言葉に軽佻浮薄な踊りを見せたが、大震災の復興の異様な生き生きしさもあった」一九三〇年前後の浅草を、その時代の渦の中にありながら観察しつつ書かれた小説である。（中略）

一九三〇年は、エロチシズムとナンセンスと不景気の時代であり、チャールストン・ダンスと流行歌と都会小説の時代であった。川端氏もいうように、モダアニズムが軽薄に流行していた時代であった。しかし、それは同時に社会不安が狂燥的に、ニヒリスチックに、風俗の上に表現された結果でもあった。一種の世紀末的なデカダンが、奇妙な生気を帯びて、都会の消費面に氾濫していたが、盛り場のそのような華やかさこそ、現実の暗澹とした悲惨のあらわれにほかならなかった。『浅草紅団』にも、浮浪者の群れが描かれ、信州の失業女工と浅草の関係が示され、さらには不良少年少女たちが何故そのようになったのかの原因には、ほとんど貧困が介在している事実が指摘されている。

しかし、川端氏はそこに観点をすえて、『浅草紅団』を社会小説に仕立てあげようとする作家ではない。氏の関心は、ただそうした経過をたどって浅草に巣喰うようになった少年少女の「鋭い、そしてこぼれやすい刃物のやうな憂鬱」にあった——というよりも、そのような憂鬱に惹かれるわが心に、浅草の風俗や少年少女の生態を反映させることにあったといってよいであろう。

（後略）

名曲喫茶とラジオ

渋谷、道玄坂・百軒店《ひゃっけんだな》にある名曲喫茶「ライオン」は、大正十五（一九二六）年の開店である。銀座の「らんぶる」は、ぼくのお気に入りの喫茶店の一つだったが、つい十四、五年ぐらい前にとうとう店を閉めてしまった。「田園」「エチュード」はもっと以前に、とっくになくなっているし、いま銀座でクラシックが流れている老舗というと、ケーキで有名な「ウエスト」と「コージーコーナー」ぐらいだろうか。

たまに京都へ出かけることがあると、いまでも四条河原町の「築地」へ一度は立ち寄る。いまなお、クラシック・ファンに支えられて、当時の姿そのままの老舗名曲喫茶店が、全国にあるに違いない。

いまでいう「喫茶店」という呼び方は、戦後になってからだ。それ以前は「コーヒー」や「カフェー」を店の名前につけていた。「珈琲店」である。

賢治がたいへんなオーディオ・マニアであり、レコード・コレクターだったことはよく知られているが、当時、西洋音楽のレコードは、黒十吋《インチ》の廉価盤でも一円五十銭（米七升程度にもなる値段だったらしい）、高価な十二吋盤は三円～三円五十銭もしていた。

蓄音器は、手捲きのゼンマイ仕掛けで三分ごとに盤を替えなければいけなかったもの（昭和三十年代のわが家では、このハンドル式の蓄音器しかなかった）から、次第に電気によって音量を拡大できる電気蓄音器に変わっていった。

おかげで音量も音質も倍増したのだが、その代わり、電気蓄音器の値段は安いものでも七、八十円。高いものは二、三百円もした。

たとえばレコードを二、三百枚。それに高級な電気蓄音器を持つためには、そのころの値段でいうと、小住宅一軒を軽く建てられるくらいの費用になったそうである。

そこでレコードを聴かせることを主とした喫茶店が町に出現するようになった。〝名曲喫茶〟の誕生である。

一杯十五銭くらいのコーヒー代を払って、クラシック音楽を聴く場所である。

これは一九六〇年代にティーン・エイジャーだったぼくらの世代が、〝モダン・ジャズ喫茶〟に入りびたっていた様子とまったく同じである。

輸入盤のLPなど高嶺の花で、とても若者が気軽に手に入れられるような値段ではなかったのだ。日本では、昭和二（一九二七）年から洋楽盤のプレスが行なわれ、つづいてマイクロフォンを使った電気吹き込みができるようになって、ようやく昭和三年に、ビクターの「波浮の港」（作詞・野口雨情、作曲・中山晋平）、コロムビアの「モン・パリ」（作詞・岸田辰彌、作曲・ヴィンセント・スコット）が、売り出された。

名曲喫茶、軽音楽喫茶（タンゴ、シャンソン、ジャズその他）は、電気吹き込みになり、洋楽盤が日本でプレスされるようになってすぐ、昭和四年ごろから東京、大阪などではじめられ、やがて全国に普及していくようになる。

宮澤賢治が亡くなったのは昭和八年である。彼が亡くなる前に、軽音楽喫茶でジャズ・レコードを何枚も聴いていたのだろうな、という場面はすぐに予想できるが、しかし何度も言うように、賢治の「ジャズ」の詩が書かれたのは、大正十四（一九二五）年のことなのである。残念ながら軽音楽喫茶からではない。

日本最初のラジオ局、東京放送局が誕生したのは大正十四年。その七月十二日の「本放送開始第一日番組」のプログラムに、管弦楽「近衛シンフォニーオーケストラ」の名があり、ベートーベンの「第五シンフォニー」を演奏している。近衛秀麿が指揮する、新交響楽団（現N響の前身）の始まりである。人々は、鉱石受信機のレシーバーに耳を押しあて、胸躍らせて聴いていたに違いない。賢治が東京に三日間、チェロのレッスンをにわかに受けに行くのは、その翌年のことである。「セロ弾きのゴーシュ」は、こうした時代の日本のクラシック音楽勃興の様子が、ゴーシュを通してうかがえる興味深い童話でもある。どうやら賢治が最後に大切に手がけていた作品のようである、ということもふくめて。

ジャズがこのラジオから流れるようになるのは、もちろんもっとずっと後の時代になってからのことで、当時はもっぱら謡曲、尺八、せいぜい吹奏楽ぐらいだった。

大正十四年に「ジャズ」という言葉を使って詩を書くというのが、いかに先駆的なことであったかが、こうやって年代を細かく追えば追うほどわかってくるようだ。

実は賢治は「馬車屋のジャズ」（つまりチンドン屋のような楽隊か？）ぐらいしかジャズらしきものを聴いたことが一度もないのかもしれない、と考えてみるというのはどうだろうか？

たとえば賢治が、初めて「ウイリアム＝テル序曲」などの洋楽ＳＰレコードを聴いたのは、大正七年ごろであった、という記録がある。

賢治はもらった給料のほとんどをつぎこんでしまうほどの、たいへんなレコード蒐集家だったことも、すでによく知られていることであるが、とはいえ、まさかジャズ史上初めてレコード吹き込みを行なった、「オリジナル・ディキシー・ランド・ジャズ・バンド（ＯＤＪＢ）」のレコード（大正六年）を、はるばるアメリカから取り寄せていた、とは想像しにくい（しかし、まったく可能性がゼロ、だともいい切れないけれど）。

あるいは、明治三十（一八九七）年に出版された、スコット・ジョプリンの「メイプル・リーフ・ラグ」の楽譜は爆発的に売れ、大きなセールスを記録していたというのだから、そうした譜面のいくつかが日本にも当然入ってきていたとも予想される。

事実、初期の日本の楽士たちは、アメリカからジャズ楽譜を頻繁に取り寄せたり、たった一枚のジャズ・レコードを何度も聴いたり、神戸などに入港する船の外人バンドがあると通いつめたり、みなそうやって必死にお互いに研究し合っていたといわれる。

が、そうした情報が、いざ花巻の賢治にまで手に入るか、というとかなりむずかしそうである。

それよりも、音楽辞典や音楽雑誌からの多彩な音楽知識に加えて、当時圧倒的にジャズの影響を受けていた作曲家・ストラヴィンスキーの「春の祭典」（大正二年）や、「ラグ・タイム」（大正七年）

を聴くことのほうがはるかに可能である。

ラグ・タイムとは、拍子（タイム）にずれ（ラグ）がある、つまりシンコペーションのある音楽スタイルという意味である。当時世界的にも流行した最初のアメリカ黒人音楽であり、そのシンコペーションされたリズムに多くの人々が魅了された。ドビュッシーの「子供の領分」（明治四十一年）の中にもラグ・タイムが出てくる。

あるいは賢治が好きだったというドヴォルザークの交響曲第九番「新世界から」（明治二十六年）の第二楽章・ラルゴは、あの有名な「家路」という歌である。

その第四楽章のアレグロ・コンフォーコの冒頭など、岩手軽便鉄道が走っている様子をイメージしたとしてもけっしておかしくはないと思うが、残念ながらこれはもちろんジャズではない。

大阪のツバメ印ニットー・レコードでは、大正十三年から十四年にかけてフォックス・トロットやダンス・レコードを何枚か出した、とも記録にあるが、これも一応候補に入るが、どうも資料不足だ。

谷崎潤一郎と横浜チャブ屋

もう一つだけ、もしやあるとすれば、「賢治とジャズ」が出会える場所が一か所ある。

淡谷のり子の「別れのブルース」（作詞・藤浦洸、作曲・服部良一）は、昭和十二（一九三七）年七月、コロムビアから発売された。

昭和十一年二月二十六日にいわゆる二・二六事件が起こり、十二年の七月に日中戦争が始まった。

ここから一挙に日本は、昭和二十年八月十五日の無条件降伏に至る第二次世界大戦へと突っ走っていく。

この歌の「メリケン波止場」とは、もちろん横浜であるが、その歌のイメージのモデルとなったのは、本牧のチャブ屋だといわれている。

本牧にあったチャブ屋とは、居留地に住む外国人や外国航路の船員などを対象に、音楽、ダンス、飲食、そして売春を供する場所だった。

W・C・ハンディの大ヒット曲「セントルイス・ブルース」が世に出たのは、大正三（一九一四）年だが、大正の後期には、そのチャブ屋で、ラッパつきの蓄音器からセントルイス・ブルースがすでに毎日のように流れていたのだという。

ちなみに谷崎潤一郎（一八八六〜一九六五）の小説『痴人の愛』のヒロイン、ナオミはこの本牧のチャブ屋に生きる女性をモデルにしているようだ。大正十三年から十四年にかけて書かれたもので、谷崎は実際に本牧の有名なチャブ屋、キヨ・ハウスの隣（横浜本牧宮原八八三番地）に、大正十年〜十一年にかけて住んでいたことがある。

私の二階の書斎からは、恰《あたか》もその家のダンスホールが真向いに見え、夜が更けるまで踊り狂う乱舞の人影につれて、夥しい足踏みの音や、きゃっきゃっと云う女たちの叫びや、ピアノの響きが毎晩のやうに聞えるのだった。ピアノは潮風に曝《さら》されて錆びているのか、余韻のない、半ば壊れたやうな騒々しい音を立てて、いつでも多分同じ客が弾くのであろう、フォックストロットのホイスパリングを鳴らしていることが多かった。（「港の人々」）

フォックス・トロット（Fox trot）は当時のジャズダンスの代表的なものである。二分の二拍子、四分の四拍子で踊る。

『痴人の愛』には、このフォックス・トロットをダンス・ホールで踊ったり、「騒々しいジャズ・バンド」のパーティへ行ったり、「今夜のバンドは、大変結構でございますね」などと語らせたり、「布哇《ハワイ》の臀振りダンス」が出てきたり、谷崎潤一郎が横浜のこうした場所で頻繁に遊んでいたことがわかる。

チャブ屋は明治時代からすでに営業を始めており、戦時体制になった昭和十年代まで、横浜の代表的名所として続いていたそうである。

この、「港の人々」の書かれていた大正十二年は、あの関東大震災（九月一日）のあった年である。谷崎の本牧生活がいかに快適であったかが、この「港の人々」を読むと一目瞭然、欧米風（つまりアチャラカ）の生活をダンスをはじめとしてすっかり堪能している様子がうかがえてくる。

それにしてもチャブ屋の「セントルイス・ブルース」のレコードや、フォックス・トロットのステップは、あの時代を考えるとむやみに早い。

「ジャズが横浜で他の地域より盛んになった理由の一つに、チャブ屋がある」（翠川晶「アミューズ」）という人もいるが、なるほどそうなのかもしれない、と思われるほどのそのレコード輸入の早さである。

すべて外国航路の船員たちが、自らわざわざ持ちこんできたものだとすると、キッド・オリー（大正十一年）や、キング・オリバー、ベッシー・スミス（大正十二年）などの歴史的初吹き込みレコードがチャブ屋に流れていても、少しもおかしくないことになる。

一八九七（明治三十）年、ニューオリンズの合法的に売春を許可された町として名高い「ストーリーヴィル」は、一九一七（大正六）年に閉鎖される。いうまでもなくここがジャズ発祥の地であったところだ。

その伝説がはるか横浜・本牧のチャブ屋に、ささやかながら継承されてきていたようで、うれしくなる。「公序良俗に反する」と、ずっと言われ続けてきた「ジャズ」ミュージックが、異国で正統（?）によみがえっていた、と言うべきか。

こののちのエロ・グロ・ナンセンスと呼ばれた、耽美的なモボ・モガの世界が、すでにこの夜のチャブ屋のハイカラ文化に、もう始まっていたようである。

しかし、あの宮澤賢治がチャブ屋で、「セントルイス・ブルース」を聴いていた?

いやいや、いくらなんでもたくさんの宮澤賢治ファンに怒鳴りつけられてしまいそうだ。

賢治が「ジャズ」の詩を発表したのは大正十五年八月。

大正十五年は、昭和元年にもなる。すなわち「モボ・モガ」時代がそろそろ始まろうとしているころである。賢治三十歳。

十二月一日設立の労農党稗貫支部に協力、翌日上京している。セロ、タイプ、エスペラントなどを特訓。高村光太郎、佐藤惣之助宅訪問。

十二月二日から二十九日までの滞在中に、築地小劇場、歌舞伎座へも行っている。

昭和三年六月八日にも上京。大好きだった浮世絵展を府立美術館で、築地小劇場、新橋演舞場、歌舞伎座などを歩きまわり、二十四日花巻に戻る。

日本にいわゆる「ジャズ・ソング」がはやりだしたのは、この昭和三年ごろからといわれている。賢治が「ジャズ」の詩を発表してからちょうど三年後である。詩を書いたのは、さらに四年前のことになる。

ダダイスト辻潤の『春と修羅』

それまでまったく無名の詩人だった宮澤賢治の自費出版詩集『心象スケッチ　春と修羅』(大正十三年)に、刊行後三か月目にいち早く率直な賛辞を送ったのが、ダダイスト・辻潤(一八八四〜一九四四)であったことは、賢治の詩の魅力について語ろうとするときにけっして見落としてはならない。その独自性(特異性)、そして深さというものをあらためて感じさせてくれるエピソードである。

ダダイストと賢治。一見まるで不似合な取り合わせのようにみえる二人だが、この二人の共通点については、もっと確認すべきことがらは多いはずだ。

山田風太郎による『人間臨終図鑑Ⅱ』(徳間書店)では、辻潤は次のように紹介されている人物である。

大正五年、三十二歳のとき、それまで彼自身の表現によれば、「昼夜の別なく情炎の中に浸った」妻伊藤野枝《いとうのえ》を友人の無政府主義者大杉栄に奪われたのち、辻潤はダダイズムの旗手として、その主義に従って評論を発表し、生活上にも実行した。

その無為浮遊、虚無、エゴイズム、破倫、酒乱、性格破産者ぶり、いいたい放題、迷惑のかけ放題の行状にもかかわらず、またその表白の真実性、生活の天衣無縫ぶりは、熱烈な一群の信仰者と彼を愛する女たちを生んだ。

萩原朔太郎は彼に手紙を送った。「大兄に対しては特別の尊敬と友愛を感じております。日本の現存する文学者で、僕の敬意を表する人物は、漸《ようや》く四、五人にしかすぎませんが、大兄もその一人で、日本に於ける稀なる存在として、特別の敬愛を持つものです」

しかし辻は、昭和七年精神異常をきたして、しばらく斎藤茂吉の青山病院に入院することになる。以後間歇的《かんけつてき》に錯乱状態をくりかえしつつ、尺八を吹いて全国を放浪してまわり、やがて太平洋戦争期にはいっても、その生活は変らなかった。まず、ていのいい乞食だが、戦争下の乞食は惨憺たるものであったろう。

これを「好きなように生きる」ダダイストのなれの果てと見るものもあったが、辻は「白痴浄土」ととなえ、彼なりの求道の精神を失わなかった。(後略)

まず、その辻潤の書いた賢治評「惰眠洞妄語」(「読売新聞」大正十三年七月十三日)を読む。

（前略）宮澤賢治というのはどこの人だか、年がいくつなのだか、なにをしている人なのだか私はまるで知らない。しかし、私は偶然にも近頃、その人の『春と修羅』という詩集を手にした。近頃珍しい詩集だ。——私は勿論詩人でもなければ批評家でもないが——私の鑑賞眼の程度は、もし諸君が私の言葉に促されてこの詩集を手にせられるならすぐにわかるはずだ。私は由来気まぐれで、はなはだ好奇心に富んでいる——しかし、本物とニセ物の区別位は出来る自信はある。

私は今この詩集から沢山のコーテェションをやりたい欲望があるが——。

わたしという現象は仮定された有機交流電燈のひとつの青い照明です（あらゆる透明な幽霊の複合体）——というのが序の始まりの文句なのだが、この詩人はまったく特異な個性の持ち主だ。芸術は独創性の異名で、その他は模倣性から成り立つものだが、情緒や感覚の新鮮さが失われていたのでは話にならない。

3

真空溶媒（Eine Phantasie im Morgen）あらゆる場合に詩人の心象はスケッチされる。万物交流の複合体は、すでに早くもその組み立や質を変じて、それ相当のちがった地質学が流用され、相当した証拠もまた次々の過去から現出し、みんな二千年ぐらい前には青ぞらいっぱいの無色な孔雀がいたとおもい、あるいは白亜紀砂岩の層面に、透明な人類の巨大な足跡がまったく発見されるかも知れないのだ。
楢と樵とのうれいをあつめ
蛇紋山地に篝をかかげ
ひのきの髪をうちゆすり
まるめろの匂のそらに
あたらしい星雲を燃せ
dah-dah-sko-dah-dah
肌膚を腐植土にけずらせ
筋骨はつめたい炭酸に粗び
月々に日光と風とを焦慮し
敬虔に年を累ねた師父たちよ
こんや銀河と森とのまつり
准平原の天末線に
さらにも強く鼓を鳴らし
うす月の雲をどよませ
Ho! Ho! Ho!

原始林の香《にお》いがプンプンする、真夜中の火山口から永遠の氷霧にまき込まれて、アビズマルな心象がしきりに諸々の星座を物色している。――ナモサダルマブフンダリカサス――トラのりふれんが時々きこえて来る。それには恐ろしい東北の訛がある。それは詩人の無声慟哭だ。

屈折率、くらかけの雪、丘の幻惑、カーバイト倉庫、コバルト山地、霧とマッチ、電線工夫、マサニエロ、栗鼠と色鉛筆、オホーツク挽歌、風景とオルゴール、第四梯形、鎔岩流、冬と銀河鉄道――エトセトラ。

もし私がこの夏アルプスへでも出かけるなら、私は『ツアラトゥストラ』を忘れても『春と修羅』とを携えることを必ず忘れはしないだろう。

夏になると私は好んで華胥《かしよ》の国に散歩する。南華真経を枕として伯昏夢人や、列禦寇の輩と相往来して四次元の世界に避暑する。汽車賃も電車賃もなんにも要らない。嘘だと思うなら僕と一緒に遊びに行ってみたまえ。(後略)

さすがダダイスト辻潤だ、というような紹介文である。

まるで天衣無縫同士の魂の共感のようだとさえ言うことができる。

大正十三年といえばシュルレアリスム運動の始まった年でもある(ちなみにアンドレ・ブルトンと賢治は同い年だ)。

辻潤がダダイズムを紹介、それから日本のダダの元祖といわれるようになった『ですぺら』(新作社)も同じ大正十三年七月刊である。

ここで辻潤を詳しく語るつもりはないので、同じ大正十三年二月「日向宮崎にて」と記された、

「ぐりんぷす・DADA」というエッセイを読んでおきたい（ちなみにこの日向宮崎という場所は武者小路実篤が始めたあの「新しき村」であるのも面白い。きっと辻潤が勝手に押し掛けていったのだろうが）。

ダダと云つたところで別段不可思議の思想でもイズムでもありません。やはり我々同様の人間の頭から生れて湧き出して来た考へ方です。

宣言がきらいだと云つて宣言をしたり、一切のイズムに反抗したり、それ等のすべてを否定したりしながら、矢張りなにかイズムらしい旗印を揚げて文芸と思想の世界に現はれて来たのです。ダダは或る一つの芸術のみ限られてはゐない――とトリストラム・ツァラアは云つてゐますが、一方の手でポオトワインを注ぎ、左の手でトリッペル菌を握るマンハッタンバアの給仕人はダダイストなのださうです。

ダダは一呼吸の間に同時に矛盾した行為を平気でやり得る程矛盾を愛します。矛盾に囚はれることが嫌いだからです。（中略）

ダダは総じて過去よりも現在を愛します。と云ふより、ダダにとつては過去と未来は存在しもせず、不用でもあるのです。ですから、あまり古典的なものを好みません。

ダダは今日自分の生活を構成してくれてゐる存在をいつくしんでゐます。藪の中にゐる十羽の雀より、ふところの中の半羽の雀を愛します。だから日本語が世界の中で一番好きになり、それによつて自分を表現することになります。

私は、今、日本に生れたダダイストのことを考へてゐるのです。

ランプやトンネルやステッキやシヤボンや、キネマは全体何処の国の言葉でせうか？学校の先生達がきてゐる衣物はどこの国の衣物でせうか？キネマや、蓄音機や、写真機や、アイロプレーンや、万年筆や、印刷機や、其他のヱトセトラはみんな僕等の生活を構成してゐる要素の一部分です。私はみんなそれ等を生活の便宜に使用します。

私は自分の日常使つてゐる自分の言葉を日本語と呼んでゐます。ダダは立派な日本語です。誰かが朝鮮を日本だと云ふやうに、印度を英国と云ふやうに。（中略）

ダダの精神はだが、特別に近代的の産物と云ふわけではありません。私は主としてその精神を高潮したいと思つてゐます。

なにごとによらず形骸のみを模倣したら、それはザッツオールです。

強ひて、無意味な言葉を羅列したり、調子の外れた音楽を奏でたり、ボロキレや折れ釘によつてのみカンヴスを飾らうとするならばそれはダダのガイストが死んでしまつた時です。

私はですから東洋風に、日本人らしく自分のダダを表現したいと思ひます――また思はなくても自分が日本人で東洋人である限り自然その表現がさうなることだと思ひます。

私は昔からタオイズムのヱピゴーネンで、今でも荘子や列子を愛読してゐます更に佛書の中に多量のダダ的精神を発見して喜んでゐます。

それが Anti-marxism にならうが、ニヒリズムにならうが、一向差支ひはありません。

ある佛経の中に私は次のやうな文句を或時発見しました。

なにをかダダと名づく、ダダはこれ大なり心量廣大にしてなほ虚空の如し、辺畔なることなし、亦方円大小なし、亦青黄赤白に非ず、亦上下長短なし、亦瞋なく、喜なし、是なく非なし、善なく、悪なし、頭尾あることなし。諸佛の利土は悉くダダに同じ、世人の妙性本ダダにして一法として得べきことあることなし。自性のダダも復かくの如し、善智識、吾がダダを説くことをきいてダダに著すること勿れ、第一にダダに著することなかれ。――世界のダダ能く万物の色像を含む。

日月星宿、山河大地、泉源渓澗草木叢林、悪人普人、悪法善法、天堂地獄、一切の大海須彌諸山すべてダダに在り。……（中略）

ダダは本能を重視するところから、かなりな野蠻人に見えますが、それはフリイドリッヒ・ニイツヱが野蠻人に見えるのと同一な理由です。さう云へばセザンヌやゴッホやゴーガン等はダダではないがみんな相当に野蠻人です。ダダは実際かなりな Moderne Primitive です。だからブルジョイやフィリスチンの鼻つまみです。

今の日本の文壇にはあまりに多くブルジョイやフィリスチン根性がみなぎつてゐます。ブルジョイに反抗するマルクスのヱピゴーネンは中々盛んではありますが、本尊のマルクスがさうであつた如くやはり質に於いてあまりにフィリスチンなのはまことに残念な次第であります。

旧式な自然派も浪曼派も人道派も――もう enough です、too much です。それ等のものは夙に生命のもぬけの殻です。

ダダの精神を体得するもののみは永久に新しく、いつも生々としてゐます。

なぜならばダダはいつでもLifeそれ自らの姿で、矛盾の織物を平気で着て歩けるからです。

(『ですぺら』)

どこか宮澤賢治の詩をそのままふと彷彿とさせるようなフレーズにもたびたびぶつかる。この年辻潤四十一歳。賢治は二十八歳である。

前年の大正十二年九月一日関東大震災。アナーキスト大杉栄、伊藤野枝が官憲によって虐殺された年である。

山田風太郎の紹介にもあったように、伊藤野枝は辻潤の前妻であった。

こうやって二人を比べ並べてみると、賢治と辻潤は意外と似ているところが多い。

たとえば宮澤家の家業は質屋だったが、花巻ではそれなりの資産家といえる家であった(そのことを賢治はひどくいやがっていたようだが)。

辻潤は江戸時代に巨万の富を誇ったといわれる浅草の札差の家に生まれ、裕福な暮らしの幼年時代を送っていたらしい。

おかげでどちらも金銭上のことについてまったくうとい。ようするにお坊っちゃん育ちなのである。その上、二人はどちらかといえばもともと病弱体質である。

賢治はとくに徴兵検査が第二乙種になり兵役免除となったという体なのに、菜食主義者となり野菜以外食べず、息子の健康を気づかう父親の注意をまったく聞き入れない精神主義者であり続けた。

無謀といってしまえば、二人のやってきたこの生活は自分勝手な無謀の連続であったようにあきらかに見える。

父親の政次郎氏が「賢治がもし仏教を知らなかったら、かれは蕩児《とうじ》になっていたかもしれない」と言っていたのだそうだが、そういう見方も確かに出来るかもしれない。

蕩児＝放蕩息子。道楽息子。蕩子。（広辞苑）

放蕩者《ほうとうもの》とは、普通、酒と女遊びにふけって身もちの悪い男のことをいうから、賢治はここには入らないけれど、たしかに親の目から見れば、扱いにくい道楽者の息子であったことは間違いない。無用者、役立たず、「文士」とは、時世と無縁に仕事をするものというのが当時の「大正文士」の面目であった時代である。

友人への私信に、「私は実はならずもの、ごろつき、さぎし、うそつき、かたりの隊長、ごまはひの兄弟分、前科無数犯、弱むしのいくぢなし、ずるもの、わるもの、偽善会々長です」（大正八年、保阪嘉内宛）と書く賢治の本当の心境はどうだったのだろう。

大正八年とは、前年の十二月に妹トシの看病のため母イチと上京し、看病に追われていた年である。また帰郷後、彼の嫌いな質屋の店番を否応なくさせられていた年でもある。

それにしても暗い暗い手紙だ。

いわれてみると、宮澤賢治は蕩児だ。別の言葉でいえば、美の享楽者、好奇心の享楽者であります。（中略）この遊蕩児の生き方の本質とは何か。（中略）一切の興味のあるものにたいする尽きることのない好奇心ではないでしょうか。惹きつけられるすべてになろうとする欲望です。そういう衝動から自由になれない、そういう憑かれたような生き方ではないでしょうか。（山折哲雄『デクノボーになりたい』小学館）

賢治がそれほどの蕩児なのだったら、辻潤はその蕩児のはるか上をゆく徹底的自由人の大先輩にあたる。

彼がドイツの哲学者マックス・シュティルナー（一八〇六〜五六）の『唯一者とその所有』（春秋社）を訳したのは大正三（一九一四）年である。アナーキスト大杉栄が自宅にわざわざ訪ねてくるのもこのころである。辻潤三十一歳。

シュティルナーはここで何を言っていたんだろうか？

それは一言でいえば「汝は汝の汝に生きよ」であり、「汝の汝」以外には何者にも仕えるなという徹底した唯一者個人の世界である。

「汝の汝」といっても抽象的、哲学的な汝ではなく、具体的なこの血肉をもった汝であり、自己の具体的な瞬間的、刹那的な感情と意思とを妨げようとする一切を否定した。

国家や政府は無論のこと、人類も民族も道徳も、そして権利や自由や精神にいたるまで否定した。その理論的破壊性において、おそらく近代史上最も完璧な人物であったといえよう。最終的にはシュティルナーは、徹底した虚無主義者となり、その虚無主義の果てに生まれる瞬間的個の創造を主張したのである。

辻潤はこの徹底的自由人の彼方を目指して、創造的虚無主義の道をとった。

しかしこのように権威に拘束されない純粋自己に生きることは、社会的には没落を意味する。

（玉川信明『辻潤——孤独な旅人』五月書房）


事実、シュティルナーは「ルンペンになりたまえ」といい、その自己のルンペン性をも気にしないルンペン性の自由を謳歌していた。

なにやら一九六〇年代のビート・ジェネレーションやヒッピーたちの姿を思い出す。

これを辻潤は、「何となく本来の面目を云々する禅門の悟道の境地と似通っている」といい、また「シュティルナーを読んだ後で禅宗の経典などを読むと、自分だけには容易に理解ができるような気がする」ともいっている。

で、その彼はその後どうしていたのか？　というと。

彼は絶望的な、しかし一種解放された精神において夜な夜な飲み歩いた。仮に刹那とデカダンスとの間に享楽なり快楽なりといった媒介語を入れてみれば、はっきりするように、両者はたちまち一直線上につながってしまう。
刹那—享楽—趣味の趣味を〈道楽〉という他の語におきかえてみてもいいし、さらに〈酔〉という言葉に翻訳しなおしてもかまわないような世界に生きていたのである。（『同』）

武林無想庵（一八八〇〜一九六二）や谷崎潤一郎、佐藤春夫、大泉黒石（一八九四〜一九五七）等と出会い、谷崎潤一郎はこの時代の辻潤をモデルに『鮫人』という小説まで書いている。

賢治はこの辻潤のような蕩児のタイプでは、もちろんない。

しかし「美の享楽者、好奇心の享楽者」という点では少しも変わるところはない。「わずかに仏教が、その美の享楽者である蕩児に自制の心を強いた。わずかに仏教だけがそこにのめりこんでいく賢治を引き止めることができた」（山折哲雄）といわれている。

それが、「妙法蓮華経」だけなのだろうか。

辻潤は十七、八歳のころから原書以外の書物をほとんど読まず、どこへいくにも原書を懐にしていたというから、よほど外国語好きの達人だったのだろう。

ロンブローゾの『天才論』（大正三年）、ド・クインシーの『阿片溺愛者の告白』（大正七年）、ワイルドの『ド・プロフォンディス』（大正八年）、シュティルナーの『唯一者とその所有（人間篇）』（大正九年）、『自我経（完訳）』（大正十年）、ジョージ・ムアの『一青年の告白』（大正十三年）等の多彩な翻訳書がある。

賢治も多彩という点では辻潤にけっして引けをとらない、書痴といえるほどの読書家だった。

エスペラント、方言、標準語、外国語、哲学、宗教、天文、地学、農業、生物、化学、物理、医学、畜水産、経済、音楽、美術、風俗と、その多面的な好奇心の享楽者ゆえの膨大な言語宇宙は、目のまわるほどである。

山折哲雄氏は、そんな賢治を次のように語っている。

賢治はまず科学者になろうとした。しかしながら、科学者としての一筋の道をつきすすんでいったわけではなかった。科学者としては一貫しなかったわけです。詩人になろうとした。しかしかれは、高村光太郎のように詩人としても一貫した生き方をしたわけではなかった。それならば、童話作家としてその生涯をつらぬいたか。そうでもありません。農業指導者としても中途半端。宗教家としても、かれは出家の生活をしたわけではない。家庭の人となろうとしたかといえば、ついに人の親にもなりえなかった。家庭人としても失敗者だったというほかはない。宮澤賢治は、天体物理学、地質学、土壌学、音楽、天文学、そのすべての問題に普通人以上のつよい好奇心をもっていたが、結局のところ、そのすべてにたいしてディレッタント（好事家）の態度を崩さなかったのではないか。外面的に見ればそのように映る。

しかし、私はそういう見方は、やはり浅薄だと思う。ほんとうはそうではない。かれはむしろそれらのすべてのものになろうとした、途方もない欲望をかかえこんだ人間だった。そういう修羅のごとき蕩児だったところにその生き方の本質があったのではないかと思うのです。しかし、すべてのものになりきれる人間など、現実にいようはずがない。どんな人間にとってもそんなことは見果てぬ夢にしかすぎないわけです。苛立たしい修羅の悲しみがそこから立ちのぼってくる。じつは賢治の悲しみの源泉もそういうところに発したのではないか。

ところがよくよく考えてみると、そういう賢治の生き方こそ、じつは今日のわれわれの専門家的な生き方に対する痛烈な批判になっているのかもしれない。われわれの多くは何かの専門家になろうとして営々として生きている。（中略）何らかの専門家になることが人生の第一義の目標になっている。ところが、賢治のような放蕩児の立場からすれば、そういうはげしい欲望をもった人間の目から見れば、専門家というものほどつまらないものはない。そういう生き方を根底から批判しようとした人が賢治だったということになるかもしれません。（『デクノボーになりたい』）

賢治のどの作品も、それまでにあった「詩集」とか「童話」といった既成のジャンルにはまるで入りきれない魅力的な斬新さがあるのは、すべてこうしたディレッタントならではの、理想的なアマチュアリズムの結果がもたらしたもの、ともいえそうである。

中原中也の宮澤賢治論

もう一人、熱狂的というのか、賢治がまるでのりうつったかのような『春と修羅』の愛読者がいた。

詩人中原中也（一九〇七～三七）である。「大正十四年の暮れであったか、その翌年の初めであったか」に『春と修羅』と出会い、愛読している。中也十八歳。

『心象スケッチ　春と修羅』は大正十三（一九二四）年四月二十日刊だから、かなり早い賢治の読者だ。

大正十四年といえば中原中也の親友だった詩人富永太郎（一九〇一〜二五）が十一月十二日に二十四歳で亡くなった年でもあるが、この富永太郎は、大正十三年夏に賢治の詩「原体剣舞連《はらたいけんばひれん》」の一節をわざわざ自分の手帖に書き写していたほどの賢治ファンだから、多分この富永を通して、中也は賢治を知ったのではないのかといわれている。

彼は富永太郎と共に、宮沢を早くから認めていた一人で、夜店で五銭で売っていた『春と修羅』のゾッキ本を買い集めて、友人に贈っていた。（大岡昇平）

富永や中原にとって、宮沢は当時最も理想的な詩人で、〈心象スケッチ〉の詩法と科学用語の使用において共通のものを持っていた。

中原は宮沢に〈民謡の精神〉を認め、〈感性の新鮮に泣いた〉といっている。〈人性の中には、かの概念が、殆んど全く容喙《ようかい》出来ない世界があって、宮沢賢治の一生は、その世界への間断なき恋慕であった〉

この判断はそのまま中原に当てはまる。ここで彼は正確に彼自身を語っているのである。（大岡昇平『中原中也』角川書店）

宮澤賢治と中原中也という対照的な二人の詩人の出会い方がまずおもしろく、感動的だ。

有名な「〈これが手だ〉と、〈手〉という名辞を口にする前に感じている手、その手が深く感じられてゐればよい」という中也の詩論は、「芸術論覚え書」（昭和九年）からのものだが、この六百字詰原稿用紙にして二十四枚になる詩論の下書きには、「宮澤賢治が書いたとすれば、こんな詩論を書いたろう」とあったのだそうである。

吉田凞生《ひろお》『中原中也』（角川書店）の「〈芸術論覚え書〉の成立」では、ここのところは次のように詳しく解説されてある。

〈芸術論覚え書〉の最初の六か条は、〈宮沢賢治の世界〉という未発表原稿に、〈宮沢賢治が、もし芸術論を書いたとしたら、述べたであらう所の事〉として、〈芸術論覚え書〉よりも省略された形で書かれている。この方が文章に未整理の感じがあるので、〈芸術論覚え書〉より先に書かれたと想像されるが、なぜ中也がそういうことを思いついたのか、当人は何も書き残していない。宮沢賢治の芸術論としてすぐ思い浮ぶのは〈農民芸術概論綱要〉だが、これはこの時中原が手にしていた文圃堂版『宮沢賢治全集』第三巻（童話、昭和九年十月二十九日発行）には収録されていないから、これに触発されたとも考えにくい。

その「芸術論覚え書」の「最初の六か条」をともかく読むことにしよう。

一、「これが手だ」と、「手」といふ名辞を口にする前に感じてゐる手、その手が深く感じられてゐればよい。

一、名辞が早く脳裡《のうり》に浮ぶといふことは尠《すくな》くも芸術家にとつては不幸だ。名辞が早く浮ぶといふことは、やはり「かせがねばならぬ」といふ、人間の二次的意識に属する。「かせがねばならぬ」といふ意識は芸術と永遠に交らない、つまり互ひに弾《はじ》き合ふ所のことだ。

一、そんなわけから努力が直接詩人を豊富にするとは云へない。而《しか》も直接豊富にしないから詩人は努力すべきでないとも云へぬ。が、「かせがねばならぬ」といふ意識に初まる努力は寧《むし》ろ害であらう。

一、知れよ、面白いから笑ふので、笑ふので面白いのではない。面白い所では人は寧ろニガムシつぶしたやうな表情をする。やがてにつこりするのだが、ニガムシつぶしてゐる所が芸術世界で、笑ふ所はもう生活世界だと云へる。

一、人がもし無限に面白かつたら笑う暇はない。面白さが、一と先づ限界に達するので人は笑ふのだ。面白さが限界に達すること遅ければ遅いだけ芸術家は豊富である。笑ふといふ謂《い》はば面白さの名辞に当る現象が早ければ早いだけ人は生活人側に属する。名辞の方が世間に通じよく、気が利いてみえればみえるだけ、芸術家は危期《ママ》に在る。かくてどんな点でも間抜けと見えない芸術家があつたら断じて妙なことだ。

尤《もつと》も、注意すべきは、詩人Aと詩人Bと比べた場合に、Bの方が間抜けだからAよりも一層詩人だとはいへぬ。何故《なぜ》ならBの方はAの方より名辞以前の世界も少なければ又名辞以後の世界も少ないのかもしれぬ。之《これ》を一人々々に就《つい》て云へば、10の名辞以前に対して9の名辞を与へ持つてゐる時と8の名辞以前に対して8の名辞を持つてゐる時では無論後の場合の方が間が抜けてはゐるないが而も前の場合の方が豊富であるといふことになる。
一、芸術を衰褪《ママ》させるものは固定観念である。云つてみれば人が皆芸術家にならなかつたといふことは大概の人は何等《なんら》かの固定観念を生の当初に持つたからである。固定観念が条件反射的にあるうちはまだよいが無条件反射とまでなるや芸術は涸渇《こかつ》する。
芸術家にとつて世界は、即ち彼の世界意識は、善いものでも悪いものでも、其《そ》の他如何《いか》なるモディフィケーションをも許容出来るものではない。彼にとつて「手」とは「手」であり、「顔」とは「顔」であり、A＝Aであるだけの世界の中に彼の想像力は活動してゐるのである。

従つて、「面白い故に面白い」ことだけが芸術家に芸術の素材を提供する。恰《あたか》も「これは為になる、故に大切である」ことが生活家に生活の素材を供する如《ごと》く。（後略）

モディフィケーション（modification）は、「変更、修飾」の意。「名辞」は、この吉田氏の注釈をそのまま記しておくと、「一般には事物の名称の意だが、論理学では term の訳語として、概念の記号すなわち一まとまりの概念を言語に表現したものという意味に用いられている。中原の使い方もこちらの方に近い」とある。

これは宮澤賢治というより、当り前のようだが、やはり中原中也の持論の詩表現論としか読めない。つまりそれほど中也は賢治の詩と（一方的に）一体になっていたのだろう、ということでもあるが、昭和十年の紀伊國屋書店のＰＲ誌「レツェンゾ」（六月号）に、「宮澤賢治の詩」というエッセイを書いている。

彼は幸福に書き付けました。とにかく印象の生滅するまゝに自分の命が経験したことのその何の部分だつてこぼしてはならないとばかり。それには概念を出来るだけ遠ざけて、なるべく生の印象、新鮮な現識を、それが頭に浮かぶまゝを、――つまり書いてゐる時その時の命の流れをも、むげに退けてはならないのでした。

彼は想起される印象を、刻々新しい概念に、翻訳しつゝあつたのです。彼にとつて印象といふものを、或ひは現識といふものは、勘考さるべきものでも翫味されるべきものでもない、そんなことをしてはゐられない程、現識は現識のまゝで、惚れ惚れとさせるものであつたのです。それで彼は、その現識を、出来るだけ直接に表白出来さへすればよかつたのです。


こちらの賢治論のほうが平易でわかりやすい。そして、中也がいかに賢治に傾倒していたのか、『春と修羅』をいかに何度も読み返し同調していったのかが、よくわかってくる。そして、そのことで何度もくり返し自己確認の作業をしていたのだろうな、ということもわかる。

中也がいかに賢治から大きな影響を受けていたのかを、具体的に詩を並べて詳細に語っている著書に、前述の山折哲雄『デクノボーになりたい』(「共鳴する詩人の魂――宮澤賢治と中原中也」小学館)と、青木健『中原中也再見――もう一つの銀河』(角川学芸出版)の二冊があるので、ここではそこまで深入りして述べることはしない。

それよりも、「名辞以前の世界」、つまりこの無意識を深め、広げようという、前述の「芸術論覚え書」は、一九六〇年代のジャズ、それもとくに日本のフリージャズ誕生のころの熱気を、なぜかぼくには思い出させる。

「名辞以前のジャズ」である。

それは試行錯誤の実験、冒険の繰り返しであった。六〇年代という時代はジャズにかぎらず、そうした「名辞」されレッテル化されたさまざまなジャンル（の、とくに権威的な世界）を破壊しつくそうとしていた時代でもあった。

「名辞以前の世界」とは、そうした強い創造性への努力によってしか生まれてこない。

フリージャズはダダイズム論とも一見よく似ているのだが、しかしダダイスティックに固定観念を壊し、ただ無茶苦茶をやってみせればそれでいいというパフォーマンスではもちろんなかった。

一口に〝壊す〟といっても、それは破天荒で荒々しいというものではなく、かなり静謐《せいひつ》で内省的なものだった。とくに日本の、富樫雅彦カルテットのフリージャズはそうだった。

メンバーは、富樫のドラム、武田和命のテナー・サックス、山下洋輔のピアノ、滝本国郎のベースだった。

一九六九年、ぼくが初めてジャズ論というものを書いたのが、この「富樫雅彦小論」であったが、この話はここではやめておく。

中原中也にもどらなくてはならない。

前に賢治は「仏教を知らなかったら、蕩児になっていたかもしれない」という父親の言葉を紹介したが、道楽息子、放蕩者という点なら中原中也の三十年の一生は、正に蕩児の一生だったといえるだろう。

早熟の詩人の短い一生だが、その年譜をちらりとながめてみるだけで少し背伸びしすぎの甘えん坊、「上京した地方人」の孤独な一生でもあったように見える。賢治に似ているところはとても多い。

東京に住み、好きな文学で身を立て、郷里に錦を飾るつもりがかなわず、生活は結局山口の母親の仕送りによってようやく成り立っていたという案配だ。

たとえば大正十三年（十七歳）三月、立命館中学三年修了。四月十七日、長谷川泰子と同棲。七月〜十一月、無名の画家詩人富永太郎を知り、親交を深め、富永より十九世紀のフランス象徴派詩人の文学運動を知らされる。ダダイズムばりの詩、小説、戯曲の習作を書く。

大正十四年（十八歳）三月中旬、泰子とともに上京。四月、富永太郎の紹介状を持って小林秀雄を訪問。同月中旬、山口へ帰省、一年間東京に住んで予備校へ通う許可を得、再び上京。十一月十二日、富永太郎結核で歿す。同月下旬、泰子、小林秀雄の許へ去る。この年の春か、翌年の初め宮沢賢治『春と修羅』を購入、愛読する。

大正十五年・昭和元（一九二六）年（十九歳）四月、日本大学予科文科に入学。九月、日本大学を退学。この秋よりアテネフランセに通う。（青木健・年譜より）

たった三年間だけの年譜の抜粋だが、要するにすべて親がかりで好き放題をしている様子がこれだけですっかり見えてくる。

飲酒、喫煙は十五歳から覚えていたというが、ダダイストというより、つまり典型的不良少年である。独身のときはもとより、結婚してからもずっと家の仕送りで暮らしていた。

続けて、

昭和二年（二十歳）春、河上徹太郎を知る。九月、辻潤を、十月、高橋新吉を訪ねる。

そのころの河上徹太郎（一九〇二〜八〇）の回想。

僕が初めて会った頃の中也は、丁度ヴェルレーヌの描いたランボウの肖像そっくりの恰好で、つまり真黒な服とワイシャツ、鍔の広い山の低い御釜帽子で、頭の毛を長く首の所まで垂らし、両手を上衣のポケットに突込んで歩いていた。そして人に会うとすぐからんで来て、実に傍若無人のつきあいをした。常に興味と嫌忌の交錯した気持を感じないで彼の話を聞いていることは出来なかった。この印象は実に特異なもので、彼を知らない人には伝え得ないものだ。恐らく彼とつき合って心から楽しかったものはないだろうし、しかも彼の話が全然面白くない者は、芸術を論じるに足りぬ人間であろう、こういうと得手勝手な話になるが、然し彼自身の方がもっと得手勝手なのである。

彼は常にピュールテを求めていた。苛立たしい身振で絶対圏の中での生命の躍動を摑もうとしていた。然し実際に彼が意識し生活していたのは相対圏・対人圏の中でであった。絶えず友人を眼の前に据えて鋭い一面的な批評を投げていた。彼の面白い話といえば、そういう友人の風貌や性格を描いた話であるし、彼の詩は結局対人関係の意識からのみ言葉が湧いて来ている。恐らくフランス象徴派の後に生れた人生詩人というものは、彼のようになるのが宿命であろう。人との接触面でのみものを考える恐ろしく孤独な詩人。このディレンマが彼の身上であった。あらゆる日本の現代詩人は孤独であるが、中原の立場位孤独なものはないであろう。(「文學界」昭和十二年十二月号)

もう一人、坂口安吾(一九〇六~五五)の思い出「二十七歳」。

ある日、私が友達と飲んでいると、ヤイ、アンゴと叫んで、私にとびかかった。とびかかったとはいうものの、実は二三米離れており、彼は髪ふりみだしてピストンの連続、ストレート、アッパーカット、スイング、フック、息をきらして影に向って乱闘している。中也はたぶん本当に私と渡り合っているつもりでいたのだろう。私がゲラゲラ笑いだしたものだから、キョトンと手をたれて、不思議な目で私を見つめている。こっちへ来て、一緒に飲まないか、とさそうと、キサマはエレイ奴だ、キサマはドイツのヘゲモニーだと、変なことを呟きながら割りこんできて、友達になった。(中略)

オイ、お前は一週に何度女にありつくか。オレは二度しかありつけない。二日に一度はありつきたい。貧乏は切ない、と言って中也は常に嘆いており、その女にありつくために、フランス語個人教授の大看板をかかげたり、けれども弟子はたった一人、四円だか五円だかの月謝で、月謝を貰うと一緒に飲みに行って足がでるので嘆いており、三百枚の翻訳料がたった三十円で嘆いており、常に嘆いていた。彼は酒を飲む時は、どんなに酔っても必ず何本飲んだか覚えており、それはつまり、飲んだあとで遊びに行く金をチョッキリ残すためで、私が有金みんな飲んでしまうと、アンゴ、キサマは何というムダな飲み方をするのかと言って、怒ったり、恨んだりするのである。あげくに、お人好しの中島健蔵などへ、ヤイ金をかせ、と脅迫に行くから、健蔵は中也を見ると逃げ出す始末であった。（『定本坂口安吾全集』昭和四十三年　冬樹社）

このとき、中也は坂口安吾の一歳下だから二十六歳。

大岡昇平『中原中也』（角川書店）によると、中原中也は横浜の「横浜橋」の私娼窟へたびたび出かけていっていたらしい。

横浜橋は大岡川ではなく、吉田川にかかっている橋だから、多分真金町の遊廓のことである。

昭和三年というから、二十一歳。三月、小林秀雄の紹介で大岡昇平を知った年である。

臘祭の夜の　巷に堕ちて
　心臓はも　条網に絡み
脂《あぶら》ぎる　胸乳《むなぢ》も露《あら》は
　よすがなき　われは戯女《たはれめ》
せつなさに　泣きも得せずて

この日頃　闇を孕めり
遐《とほ》き空　線条に鳴る
海峡岸　冬の暁風

白薔薇の　造花の花弁
凍《い》てつきて　心もあらず

明けき日の　乙女の集《つど》ひ
それらみな　ふるのわが友

偏菱形＝聚接面そも
胡弓の音　つづきて聞ゆ（「むなしさ」）

「場面は明らかに横浜である。（中略）「遐き空」「偏菱形」等の高踏的な漢語は、富永太郎や宮沢賢治の影響である」（大岡昇平）

もう一篇、

秋空は鈍色《にびいろ》にして

黒馬の瞳のひかり
　水涸れて落つる百合花
　あゝ　こころうつろなるかな

神もなくしるべもなくて
窓近く婦《をみな》の逝きぬ
　白き空盲《めし》ひてありて
　白き風冷たくありぬ

窓際に髪を洗へば
その腕の優しくありぬ
　朝の日は澪れてありぬ
　水の音したたりてゐぬ

町々はさやぎてありぬ
子等の声もつれてありぬ
　しかはあれ　この魂はいかにとなるか？
　うすらぎて　空となるか？（「臨終」）

中也は大岡昇平に、この「臨終」という詩は、横浜で馴染んだ娼婦の死を歌ったものだといっていたそうである。

中原中也が『春と修羅』を愛読し、いまでいう大ファンであり、賢治の最大の理解者の一人であったことはとてもよくわかるが、しかし、この二人の詩人の性格、および生活はまるで正反対といってもいいほどの違いである。

賢治は酒呑みを憎むほど嫌っていたから、中也ともし出会っていても打解けることはまずあるはずもない。

酒のうえの無礼講が日常化している中也のような人間をもっとも嫌っていたはずだからだ。娼婦にいたっては、もう話にもならない。

しかし、これほど極端な異なる人生を送ってきた二人の詩人の作品が、いま、ことあるごとに並べられ賞讃されることが「詩」というものの不思議であり、おもしろいところである。

中也は横浜に何度も何度も足をはこんでいて、前述の二篇の詩の他にも「秋の一日」「港市の人」「春と恋人」「かの女」など、横浜に取材したと思われる詩がいくつかある。

だったら中也に「ジャズ」の詩が一篇ぐらいはあってもおかしくないのではないかと思い、探してみたのだが、とうとう見つからなかった。

詩集『山羊の歌』の最後の詩「いのちの声」に、ようやく「ヂャズ」という言葉を一つだけ見つけた。

いのちの声

もろもろの業《わざ》、太陽のもとにては蒼ざめたるかな。

——ソロモン

僕はもうバッハにもモツアルトにも倦果てた。
あの幸福な、お調子者のヂャズにもすつかり倦果てた。
僕は雨上りの曇つた空の下の鉄橋のやうに生きてゐる。
僕に押寄せてゐるものは、何時でもそれは寂漠だ。

僕はその寂漠の中にすつかり沈静してゐるわけでもない。
僕は何かを求めてゐる、絶えず何かを求めてゐる。
恐ろしく不動の形の中にだが、また恐ろしく憔《じ》れてゐる。
そのためにはや、食慾も性慾もあつてなきが如くでさへある。

しかし、それが何かは分らない、つひぞ分つたためしはない。
それが二つあるとは思へない、ただ一つであるとは思ふ。

しかしそれが何かは分らない、つひぞ分つたためしはない。
それに行き着く一か八かの方途さへ、悉皆《すつかり》分つたためしはない。

時に自分を揶揄《からか》ふやうに、僕は自分に訊いてみるのだ。
それは女か？　甘《うま》いものか？　それは栄誉か？
すると心は叫ぶのだ、あれでもない、これでもない、あれでもないこれでもない！
それでは空の歌、朝、高空に、鳴響く空の歌とでもいふのであらうか？　（後略）

しかし、この「倦果てた」とまで言う「お調子者のヂャズ」を、中也は一体どこで聴いていたのだろうか。

そして言うところの「ヂャズ」とは、どんなジャズを指しているのか、これも本当はもっと具体的に知りたいところである。

「青春」と「文学」と「生活」が、そのままストレートにイコールしていた時代ならではの、その苦労さえもどこか楽しそうに見えてきて、思わずうらやましくなってくるのは、なにも中也にかぎった話ではない。

戦争体験を描いた、戦後文学の記念碑的作品といわれる『俘虜記』や『レイテ戦記』を書いた大岡昇平や、小林秀雄（一九〇二～八三）らとの友情関係というのも、青春時代ならではのそれぞれが見えてきて面白い。

「青春」という言葉は、もはや死語のようになっているが、同じようなことはぼくらの「青春時代」にもあり、そうした人と人との出会いと交友は、かつての自分の場合でも人生にとって重要な一シーン一シーンだったことは確かである。

賢治にももうちょっといい加減で乱暴な、「青春」時代ならではの「友情」のコミュニケーションがあってもよかったのかな、という気がしてこないでもない。

何度も何度も、上京をなんとか果たし、東京で必死に「勉強」をしようとして自己研鑽にはげむが、しかし欲求と情熱ばっかりがいたく強くて自立できず、結局意気消沈して花巻に帰る、ということを繰り返さざるをえなかった。

家のくびきから離脱することが、とうとう賢治はできなかったのである。しかし、宮澤賢治のたくさんの作品世界が今日あることは、こうした賢治を守ってきた弟の清六氏をはじめ、宮澤家があったからこそともあらためて言えるのかもしれない。

中原中也のような得手勝手ないい加減さが少しでもあったらなあ、と心情的には思ったりするが、しかし「世界がぜんたい幸福にならないうちは個人の幸福はあり得ない」とまで書くような賢治に、それはどだい無理な注文というものでしかないのだろう。

「法楽」の詩人、宮澤賢治

賢治の作品を読んでいて、いわゆる詩人や童話作家の印象をけっしてもつことがないのには、その書くという動機と目的とが最初からまるで違っていたからだということはできるだろう。

たとえば「注文の多い料理店」の序。

これらのわたくしのおはなしは、みんな林や野はらや鉄道線路やらで、虹《にじ》や月あかりからもらつてきたのです。

ほんたうに、かしはばやしの青い夕方を、ひとりで通りかかつたり、十一月の山の風のなかに、ふるへながら立つたりしますと、もうどうしてもこんな気がしてしかたないのです。ほんたうにもう、どうしてもこんなことがあるやうでしかないといふことを、わたくしはそのとほり書いたままです。

ですから、これらのなかには、あなたのためになるところもあるでせうし、ただそれつきりのところもあるでせうが、わたくしには、そのみわけがよくつきません。なんのことだか、わけのわからないところもあるでせうが、そんなところは、わたくしにもまた、わけがわからないのです。

けれども、わたくしは、これらのちひさなものがたりの幾きれかが、おしまひ、あなたのすきとほったほんたうのたべものになることを、どんなにねがふかわかりません。

いきなり、まるでジャズ・ミュージシャンが新作のオリジナル曲のアルバムに自ら書いた、しゃれたライノー・ノートのようだ。

これはアドリブの説明文であり、セッションの解説にはなっているが、どう考えても童話の前説にふさわしい文だとはとても思えない。

「わけのわからないところもあるでせうが、そんなところは、わたくしにもまた、わけがわからないのです」

これは賢治の詩論だともいえる。こんなメッセージが大正時代の童話の世界に通じたとは、とても思えない。


作品の言葉は読むものに意味の表情をつくらせる。このばあい言葉がなにも意味していないのに、意味がひとりでにつくられているのが最上なのだ。言葉が意味を与えることと、言葉が存在の輪郭を与え、その輪郭から意味が湧きあがってくることとはちがう。前者は言葉の機能がつくりだした〈意味〉だし、後者は言葉が存在をつくりだし、その存在がうみだした〈意味〉だといえる。言葉がつくりだした機能の〈意味〉と存在の〈意味〉のあいだには、いくつもの階層があるにちがいない。宮澤賢治が「銀河鉄道の夜」でやっていることは、この階層のそれぞれから放射される多様な次元の〈意味〉を与えることだといえよう。（吉本隆明『宮澤賢治』筑摩書房）

「岩手軽便鉄道　七月（ジャズ）」の詩の中でも、むずかしい鉱物関係の言葉が出てきたり、ほかにも化学用語が頻繁に使われていた。

前にぼくは「字面の面白さ」「音感の舌ざわり」等々を楽しめばそれでよいのだと書いたが、本当はそうやって素通りして読んでいいわけではけっしてない。

その詩をよりよく理解するためには、その用語一つ一つの意味を知ることで、さらに違った世界が深く広がってくるからである。

「わけのわからないところ」など、実はないのだ。そして、「わたくしにもまた、わけがわかっている」のである。

それでも「わたくしにもまた、わけがわからない」とわざわざ書くのが賢治の自己に対しての創作論であり、作品論なのである。

もともと「作品」というものは、本来そうやって作られていくものなのだというのが賢治の主張なのである。

しかし、この作品は「あなたのすきとほったほんたうのたべものになることを、どんなにねがふかわかりません」として本当は書かれているのだ。

賢治が「願って」書こうとしている「ほんたうのたべもの」のような作品とはどういうものなのだろうか？

それは大正十年一月二十三日の家出の年にもう一度戻る。

何としても最早出るより仕方ない。あしたにしようか明後日にしようかと二十三日の暮方店の火鉢で一人考えて居りました。その時頭の上の棚から御書が二冊ばったり背中に落ちました。さあもう今だ。今夜だ。時計を見たら四時半です。汽車は五時十二分です。すぐ台所へ行って手を洗い御本尊を箱に納め奉り御書と一所に包み洋傘を一本持って急いで店から出ました。（友人の関

徳弥に宛てた手紙）

「御書」というのは『日蓮上人御遺文集』のことである。

それがいきなり棚から落ちてきて背中を打ったので、突如念願の家出を決意する。

そして上京して上野桜木町にあった国柱会を訪ねる。ここで幹部の理事、高知尾智耀《たかちおちよう》に出会う。

賢治にとってこの人物との出会いは後々とても大きいものとなる。

「雨ニモマケズ…」の手帳の中には次のような言葉も書かれていた。

高知尾師ノ奨《スス》メニヨリ
法華文学ノ創作
名ヲアラハサズ
報ヲウケズ
貢高《コウコウ》の心ヲ離レ

筆ヲトルヤマヅ道場観
奉請ヲ行ヒ所縁
仏意ニ契《カナ》フヲ念ジ
然ル後ニ全力之ニ従フベシ

断ジテ教化ノ考タルベカラズ！
タダ純真ニ法楽スベシ
タノム所オノレガ小才ニ非レ
タダ諸仏菩薩ノ冥加《ミョウガ》ニヨレ

つまり高知尾師から「法華文学」という世界を創作することをすすめられたのだ。「名ヲアラハサズ　報ヲウケズ」なのだから、とても職業作家として文学に向かおうとする姿勢ではない。つまりそれは布教のための文学活動なのである。

「冥加」とは、知らず知らずのうちに受ける神仏のご加護のことだから、いまでいうフリッチョフ・カプラの『タオ自然学』やカルロス・カスタネダの『ドン・ファンの教え』のような神秘体験のような意識体験を描く文学をついつい思い起こしてしまうが、賢治は決してそうはならなかった。

「法楽」という仏教語を辞書で引くと、①仏法を信じ行う人の楽しい境地。②経を読み、音楽を奏して、神仏を楽しませること。（『日本語大辞典』講談社）とある。

この「法楽」を描き切ることが、賢治の目標とする「文学」になったのである。

大正十年といえば、芥川龍之介、菊池寛、志賀直哉、谷崎潤一郎、佐藤春夫等々、大正期を代表する作家たちが大活躍していた時代なのに、そうしたジャーナリズムに一切目もくれず、ストイックに自分の「法楽」をいかに描くかに創作態度を徹底させていたのだ。

こうした賢治文学の特異性がここでも露わになってくるが、「断ジテ教化ノ考タルベカラズ！」「タダ純真ニ法楽スベシ」とあるから、いわゆる宗教の教化（PR）をそのままましようとは、考えていたわけではなかったことにホッとするし、そこがすばらしい。

ぼくは法華経についてまったく知識がないので、ここにいい悪いの意見を特にさしはさむつもりはないが、賢治の考えていた「法楽」は、そのまま「音楽」の世界を描こうとしたかのように、いまさらにぼくには思えてくるのが不思議だ。

法楽＝音楽、のようにさえぼくには見えてくる。

賢治は友人への手紙でその自分の文学観をはっきりと書いている。

図書館へ行ってみると毎日百人位の人が『小説の作り方』或は『創作への道』といふやうな本を借りやうとしてゐます。なるほど書く丈なら小説ぐらゐ雑作ないものはありませんからな。うまく行けば島田清次郎氏のやうに七万円位忽ちもうかる。天才の名はあがる。どうです。私がどんな顔をしてこの中で原稿を書いたり綴じたりしてゐるとお思いですか。どんな顔もして居りません。これからの宗教は芸術です。これからの芸術は宗教です。（関徳弥への手紙）

島田清次郎（一八九九～一九三〇）は、大正八年刊の長編小説『地上』が当時大ベストセラーになった作家である。

「これからの芸術は宗教です」には素直に共感できないが、賢治がまさに「法楽」の詩人だったことがとてもよくわかってきた。そしてこの大正十年の家出の八か月が、いかに賢治の大きなターニング・ポイントになっていたのかもわかってくる。

昼間は東大前の謄写版印刷所でアルバイトをやり、夜は国柱会で奉仕活動に励むという生活の中で、賢治は猛烈な勢いで生き生きと童話を書き出す。

賢治の「法華文学」は、そのままいつのまにかイーハトーヴ（花巻）のクレオール文学へと移行していったのである。

ある月は原稿用紙三千枚も書いたといわれている。書きためた原稿は大トランクいっぱいになっていた。

後に推敲につぐ推敲を重ねていったイーハトーヴ童話のほとんどが、この本郷菊坂町の下宿で形づくられていたものだというから、この年は賢治が生涯でもっとも賢治らしく充実した創作の一年だったことになる。

けれど八月、トシ病気の知らせで、原稿をトランクにつめて帰郷せざるを得なくなる。

三　不良少年少女とジャズ

モボ・モガとジャズ・ソング

昭和二（一九二七）年十二月に、あの「私の青空」がＮＨＫから初放送されている。

〽夕ぐれに　あおぎ見る
　かがやく　青空

である。

おそらく日本の流行歌の歴史の中で、もっとも有名なジャズ・ソングだろう。アメリカの「マイ・ブルー・ヘブン」という歌に日本語の訳詞をつけて、「私の青空」。歌っているのは二村定一。二十八歳。

昭和二年というのは、元号がつづいていれば大正十六年である。つまり大正十五年からの昭和元年というのは、たった一週間しかなかったのだから、このほうが本当はわかりやすい。

二村定一のこの歌がレコードに吹き込まれたのは、昭和三年五月。

そして同時に吹き込んだ歌が「アラビヤの唄」（スイング・ミー・ア・ソング・オブ・アラビー）である。

〽砂漠に日が落ちて　夜となる頃
　恋人よなつかしい　唄を歌おうよ

作詞は堀内敬三。

伴奏をしているレッド・ブリュー・クラブ・オーケストラとは、昭和二年に慶応の学生だった菊池滋也（ピアノ）を中心にしたアマチュア・バンドだった。

どう考えても二曲ともアメリカのポピュラー・ソングでしかないはずなのだが、「ジャズ・ソング」という日本製英語でこれが大ヒットする。

アメリカのポピュラー・ソングに日本語の訳詞をつけて歌う、というこのアイディアを考えたのも堀内敬三である。それにしても恐るべき直輸入の早さである。

堀内敬三は明治三十（一八九七）年生まれ。アメリカのミシガン大学、マサチューセッツ工科大学の出身という異色の経歴の持ち主だ。作詞、訳詞のほか、作曲、編曲までやってのけている。

ともかく明治三十三年生まれの二村定一と並んで、ジャズ・ソングの生みの親である。そして二村定一は日本のジャズ・シンガーの第一号にあたる。

エノケンこと榎本健一で歌われ大ヒットしたジャズ・ソング「洒落男」は、戦後のぼくらの子ども時代にもはやっていた歌だが、この歌も実は、二村定一が昭和四年にレコーディングして、すでに当時大ヒットしていた歌なのである。

〽俺は村中で一番　モボだといわれた男
うぬぼれのぼせて得意顔
東京は銀座へと来た

という歌である。

昭和四年とは、ホーギー・カーマイケルの「スターダスト」がアメリカで大ヒットした年だ。さらにフランク永井のヒット曲として知られる「君恋し」（作詞・時雨音羽、作曲・佐々紅華）も実は昭和三年の二村定一の持ち歌だった。

同じ昭和三年十一月十日。警視庁はダンスホール取締令を実施した。そこに出入りするモダンボーイ（モボ）、モダンガール（モガ）の風俗の規制を目的としてのことらしい。流行語としてのモボ、モガは不良青年男女の同義語でもあった。

モボ、モガのスタイルは、アメリカ映画の人気俳優を模倣したもので、モダンガールは断髪、後ろ髪を刈り上げ、前髪を下ろしたおかっぱ頭。フェルト帽を目深にかぶり、膝丈のショートスカートに絹の靴下、そしてハイヒールという洋装である。細い眉を引き、濃い口紅、乳房《ちち》バンド（ブラジャーのこと）をつけさっそうと歩いた。

モダンボーイは、まさに「洒落男」（坂井透訳詞）の歌詞そのままである。「青シャツに真赤なネクタイ」「山高シャッポにロイド眼鏡」「ダブダブのセーラーのズボン」。これに細いステッキを持って歩けばすっかりモボである。

これら流行の最先端の洋装で、当時のモダンの代表といわれた銀座、丸の内、大阪の心斎橋を舞台に、ダンス・ホール、カフェー、映画館、レビュー館に出入りした。「銀ブラ」がいちばん盛んだったころだといわれる。

モボ、モガは世間のひんしゅくを買い、反道徳と退廃のシンボルともなった。

この昭和三、四年ごろの東京の生活と風俗を克明にフィールドワークした、今和次郎編纂『新版大東京案内』上（ちくま学芸文庫）は、次のように銀座を表現していた。まるで春陽堂刊のアンソロジー『モダンＴＯＫＩＯ円舞曲』（昭和五年）の文体そのままのようである。

銀座――首都の心臓、時代レヴューの焦点。

夜、尾張町の角に立つて街上風景《がいじようふうけい》を見る、聞く。――電車のスパーク、自動車の警笛、オートバイの爆音《ばくおん》。――ショーウインドーのきらめき、広告塔の明滅、交通整理ゴーストップの青と赤。――人間の氾濫、男、男、女、女、男女、男女、ノックスの帽子、アッシユのステツキ、セーラーパンツ、和服に断髪、ドンファンキッドのハンドバッグ、膝までのスカート、脚、脚、フエルト、支那靴。――ショップガール、ダンスガール、ストリートガール、マッチガール、喫茶《ティ》ガール。――どこからか流れて来る蓄音機のリズムに合して唄ふモガモボの一団、「懐古恋想銀座《むかしこいしぎんざ》の柳《やなぎ》――」

省線新橋駅の大時計が午後八時をしめしてゐる。銀座へ銀座への人波にまじつて橋を渡り、高速度銀ブラをこゝろみる。ペーブメント一杯の嬉々とした音と交錯する光。新しい街路樹銀杏のまだ小さい三角の葉が微風に揺れ、右側には昔と変らず夜店がずらりと並んでゐる。

まづ橋のとつつきが博品館、……

と、銀座通りを歩く。で、しめくくりはこうなる。

これで川つぷちに出て銀座を一巡したわけ。近くのカフェに這入《はい》つて「ジャズで踊《おど》つてリキュールで更け」るのもよし、疲れたら街上を疾走する円タクを、ステッキを振るなり顎をしやくるなりして呼びとめて宿へ帰るのもよし……。

「ジャズで踊つてリキユールで更けて」は、もちろん「東京行進曲」である。昭和三年に公開された映画「東京行進曲」（菊池寛原作、溝口健二監督）の主題歌。映画主題歌第一号でもある。作詞・西条八十、作曲・中山晋平。雑誌「キング」連載の菊池寛作「東京行進曲」の映画化に際して、日活が西条八十に依頼したもの。

「昔恋しい銀座の柳　仇な年増を誰が知ろ」と、佐藤千夜子が歌ったこの歌は、翌四年五月にレコードがビクターから売り出され、〝ジャズ〟〝ダンサー〟〝地下鉄〟〝丸ビル〟〝小田急〟など当時のモダン風俗を歌詞に織りこんで映画も曲も大ヒットした。

B面には、やはり佐藤千夜子の「紅屋の娘」が入っている(作詞・野口雨情、作曲・中山晋平)。「紅屋の娘のいうことにゃ　サノ　いうことにゃ」というのと、この「トサイサイ」という合の手が子どものぼくにも印象的だった。

「東京行進曲」は作詞家・西条八十の出世作となった。

西条八十(一八九二〜一九七〇)は当時、早稲田大学の教授だったので、おかげでずいぶんとまわりからひんしゅくを買ってしまったそうだ。

「カフェ」はもちろんフランス語のコーヒー店のことだが、日本のカフェーはただコーヒーをのむだけでなくて、音楽やシャンソンを聴かせる社交場でもあった。

さて、昭和四年の日本の「カフェー」の状況は、というと。

世間の日に増す不景気に反比例して、最近の市内外に於けるカフエー、バーの膨張ぶりは実際驚くばかりである。こゝ僅か一二年の間に、銀座にも浅草にも、神田にも新宿にも、目まぐるしいほどな快速力でカフエーやバーが殖《ふ》えて来て、カフエーは六千百八十七軒、バーは千三百四十五件といふ警視庁の統計(昭和四年八月現在)は今や正にカフエーの黄金時代を物語つてゐる。カフエーの洪水! しかもそこに働いてゐる女給は、カフエー一万三千八百四十九人、バー千七百十人を算《かぞ》へ、これらの大部分が客のチップを唯一の収入として街頭に戦つてゐるのである。銀座だけでさへ、女給は千六百八十人もゐる。だから、たとへ千手千足の姿であつても、容易にこれらのカフエーを廻り切ることは出来ないし、まして女給の顔を一々覚えるなどは、思ひも寄らぬところである。

それだのに人々はカフエーからカフエーへ、バーからバーへ、女給から女給へ移り移り行く浮気な心を持つてゐる。何故だか理由は分らぬが、人々には始終カフエーが必要なのである。酒に酔ふ為めに、苦境を脱れる為めに一人で考へない為めに、友情を暖めるために人々にはカフエーが必要なのである。

そして余りにカフエーが多くなつたので、互いに覇を争はうとして、特殊の構造や客席の照明を勝手に案出し始めたから、最近警視庁のこはい眼が光つて、カフエーやバーに就いて細密な調査が遂げられ、その結果、そこで風紀を乱す不良が多くなつたといふのも畢竟雇主が出銭《でせん》と称して女給からあべこべに搾取するからであると考へ付いて、雇人より金銭を徴収せざること、風紀を乱した営業者には絶対営業を取消すこと、営業時間は午後十二時厳守、などと厳しい新規則を出して栄華を誇つた営業者に先《ま》づ痛棒をくはした一方、喧嘩両成敗の筆法で、女給にもそれぞれカフエーやバーのナンバー・ワンを警察に呼び出して一場の訓示を与へ、そして今や警察が誰れよりも熱心になつて明るいカフエーを造り上げようと躍気になつてゐるのである。(『新版大東京案内』)

ともかく「日本における西洋音楽の大衆化を見るとき、レコード産業の発達と映画のトーキー化、及び都市における喫茶店の繁昌を見のがすわけにはいかない」（加太こうじ）という時代になった。ラジオ→映画→レコード→電蓄→喫茶店という流れの中から、西洋音楽は日本人の生活の中へ、ようやく日常的に入ってくるようになった。
ジャズもこうして少しずつ浸透してくる。

今度は〝ダンサー〟である。
再び今和次郎の「ダンス・ホール」。

　歓楽にかきまはされて、白熱した一塊となつて踊つてゐるダンス・ホールの男女の群を見ては、誰れしも一応、踊れるものなら陽気なジヤズの音に合せて女の胸を抱きながらあのやうに踊りつゞけて見たく思ふに違ひあるまい。あんまり踊るので、ダンサーの臙脂《えんじ》の扱帯《しごき》が緩みはしないかと、たゞ見てゐてさへ妙な気になつて来るダンス・ホールは、確かに若い人々にとつて、類ひのない歓楽郷である。カフエーで女給に馴染《なじ》む迄には、銀座の一流の店などでは相当の時間がかゝつて、馴染んだからといつて手を握ることも大つぴらでは今度の御法度《ごはつと》で先《ま》づ許されぬことになつたのに、何分かの間といふもの誰れ憚《はばか》らず踊り狂ふことが出来るのだ。ダンス熱に浮かされて、だから株屋の店員迄が着流し姿でダンスを習ひ始めるのは、成程尤《なるほどもつと》もである。そして又、三四回踊つて爽やかな気持になつてダンス・ホールから帰つて来るとしたら、これ程近代的で安く楽しめて、運動になるものは他には、ちよつとないだらう。（中略）

京橋にある東京舞踊研究所（千代田ビル内）は、ダンス・ホールとしては古い歴史を持ってゐる。こゝはどつちかといへば社交的で、一体が鹿爪《しかつめ》らしい踊りのやうであるが、三十何人かのダンサーが押しなべて皆うまく、殊にワルツやタンゴなど、相当にやつてゐる。従つて客もどうやら上手なものばかりが集つて来てゐるやうである。ジヤズがヒリツピン人なのも、大いにこゝの空気を一流らしく救つてゐる。

これに引きかへて、人形町にあるユニオンダンス・ホール（日鮮会館）はキヤバレー式の踊場で、ひどく享楽的である。切符を買つても入場料を一円取られるなど、歓楽に対する報酬を始めから要求して、従つて軽蔑と好奇心を併せ抱いて人々が入場するほど、享楽的な陽気さがホールに満ちてゐる。

赤坂の溜池にあるフロリダは、ちやうど前記舞踊研究所とユニオンの中間に位置するやうなダンス・ホールで、専ら古顔《ふるがお》のダンサーの猛者連《もされん》で固めてゐる。そしてさすがに老練な猛者連だけあつて、ダンスは著しく皆んな上手のやうである。人の話によると、こゝは巴里のムーラン・ド・ラ・ギヤレット位の広さはあるとのことで、ダンサーも四十人を算《かぞ》へ、出来てまだ日も浅いのに早くもその名を喧伝されてゐる。ジヤズは布哇《ハワイ》人であるが、概してこゝではタンゴが少ない。

（中略）

大概ダンス・ホールは、入場料として五十銭を取るが、切符を買へば勿論《もちろん》これは払ふ必要がなく、ダンス代としては蓄音機をかけて踊る。昼が一回十銭、そして夜はジヤズがあるので二十銭を取ってゐる。（『同』）

ダンスホール「フロリダ」は昭和四年赤坂区溜池にオープンしていた。外人の生バンドが入り、このハワイ人は、ジョース・ハワイアン・セイレーダースというバンドだったようだから、今和次郎のいうように果して〝ジャズ〟だったのかどうかは怪しい。

京橋の「東京舞踊研究所」では、「ジャズがヒリッピン人」だったらしいが、フィリピンは当時、アメリカの支配下にあって、ジャズがストレートに直輸入されていたのだから、そのセンスと腕のほうは日本よりかなり格上だったのだろうと思われる。日本のジャズの草分け的役割をはたしたクラリネット奏者フランシスコ・キーコがまったくそうだったように。

フオックストロットだ。チャールストンだ。丸ビルだ。小田急だ。シネマだ。デパートだ。円タクの洪水だ。カフェの氾濫だ……そして、日本の若い男と女とは、一人は二人、二人は三人と、言はゆる〈スポイル〉されてゆく。蚕食されてゆく——（陶山密「スポイルド・チルドレン」「新青年」昭和四年十二月号）

これはまるで「東京行進曲」そのままではないか。

『モダン都市文学Ⅰ「モダン東京案内」』（海野弘編　平凡社）を読むと、当時の〝モダン〟とされたカタカナ語は、ジャズやダンスと並んで、ラッシュアワー、サラリーマン、タイピスト、丸ビル、シネマ、カクテル、アパートまでもが出てくる。

まさに「東京行進曲」は、生まれるべくして登場してきた、西条八十ならではの当時の大ヒット曲なのであった。

とはいえ、こうした風潮を苦々しく思っていた作家だってもちろんいた。それはあの『檸檬』の作家、梶井基次郎（一九〇一〜三二）である。

「ある崖上の感情」（「文芸都市」一九二八・五月号）は、正に昭和三年「ジャズ・ソング」が流行しだした年に書かれたものだ。

山の手のカフェーで二人の青年が話をしている。「漆喰の土間のすみには古ぼけたビクターの蓄音機が据えてあって、磨り減ったダンス・レコードが暑苦しくなっていた」と始まり、崖の上に一人で立って、開いている窓をながめるという行為について二人で話し合っている。

「ちょっと君。そのレコード止してくれない」聴き手の方の青年はウエイトレスがまたかけはじめた「キャラバン」の方を向いてそう言った。「僕はあのジャッズというやつが大きらいなんだ。いやだと思い出すととてもたまらない」

黙ってウエイトレスは蓄音機をとめた。彼女は断髪をして薄い夏の洋装をしていた。しかしそれには少しもフレッシュなところがなかった。むしろ南京鼠の匂いでもしそうな汚いエキゾティシズムが感じられた。

とある。小説の中では、この聴き手の青年に梶井基次郎の心情が投影されているように思えるので、この台詞はイコール梶井基次郎の言葉と思ってもおかしくない。
「ジャッズ」とわざわざ発音されているのが面白い。

作家といえば坂口安吾は大のジャズ・ファンだったことが知られている。昭和六年四月ごろ、安吾が友人の葛巻義敏氏に「今日はこれから〈キング・オブ・ジャズ〉を見ます。あれを見ておかないと、気が落ちついて仕事ができない」という手紙を書き送っている。（『新潮日本文学アルバム・坂口安吾』新潮社）

「キング・オブ・ジャズ」は、白人のポール・ホワイトマン・シンフォニック・オーケストラの音楽映画。新進の作曲家だったジョージ・ガーシュインの「ラプソディ・イン・ブルー」など九曲が演奏されている。

もともと安吾はジャン・コクトオの「エリック・サティ」論をわざわざ訳すくらいの音楽好き、音楽通として知られているが、たとえば、

「それは、単に〈形が無い〉ということだけで、現実と非現実とが区別されて堪《た》まろうものではないのだ。〈感じる〉ということ、感じられる世界の実在すること、そして、感じられる世界が私達にとってこれ程も強い現実であること、此処に実感を持つことの出来ない人々は、芸術のスペシアリテの中へ大胆に足を踏み入れてはならない」（「FARCEに就て」）

というようなリアル論は、そのまま充分音楽論、ジャズ論として読むことができる。

また『堕落論』（昭和二十一年）は、安吾亡き後の一九六〇年代のぼくらの時代にも、表現者の見

習うべき〝一個の態度〟として熱狂的に読み継がれていた。

あんなに刺激的で痛快な書はなかった。

昭和五年に春陽堂から出版された、モダニズム文学のアンソロジー『モダンTOKIO円舞曲』を読むと、「ジャズ」という言葉が頻繁に登場してくる。

その中の一例として一篇。岩佐東一郎「COCKTAILS」のなかの「MIDNIGHT COCKTAIL」から。


壁石の冷たさが、僕の頭に沁み入って、次第に僕は意識を恢復して来たのでした。カイロの宝石商人が、往来に撒き散らした宝石たちを忙てて拾い集めるように、僕はごく不必要な事柄でも、憶い出せるだけ憶い出そうと努力したのでした。


トランペット、サキソホン、コルネット、バンジョ、ギタルラ、ピアノ、大太鼓などの楽器で、ジャズを大量生産するニグロ・バンド……

——妾、くたびれちゃったの。お酒呑まない？　ああらボオイさん、一寸。……何にするの。え。じゃ、アニゼット、ふたあつ。

メガホンの中から、シャンパンのように、ほとばしる、楽器よりも一層金属化したニグロの肉声。それは唄であるか、それとも響きであるか。


A・I・U・E・OH！

A・I・U・E・OH！

OH！ OH！ OH！


――さあ、踊ろう。


フォックス・トラットだ。ワルツだ。ブルウズだ。タンゴだ。ストンプだ。チャアルストンだ。

ジャズだ。ジャズだ。ジャズだ！

ブラック・ボダムだ。


――おい、ボオイ！

――モノポオルを抜いて丁戴！


A・I・U・E・OH！

A・I・U・E・OH！

OH！ HA！ HA！ （後略）

アニゼットは甘いリキュール。フォックス・トラット（Fox trot）は、速いテンポのダンス。ストンプ（Stomp）、ブラック・ボダム（Black bottom）も、それぞれ踊り方の違うジャズ・ダンスのこと。モノポールはシャンパンの商品名。

いかにも当時のモダン都市・東京とよばれた、モボ・モガ時代を絵に描いたかのような詩ではあるけれど、「ジャズだ。ジャズだ。ジャズだ！」と叫んでいるだけで、肝心のジャズはいかにも軽薄で中味というものがまるでない。「ジャズを大量生産するニグロ・バンド」の中味には、まったく興味を示していない。

モボ・モガの詩人たちは、日本的ジャズ風俗の中でのダンス音楽としてしか、まったくジャズを聴こうとはしてはいないのだ。

こういうモボ・モガ時代の詩を読まされると、賢治のインプロヴィゼーションあふれる、岩手軽便鉄道の「ジャズ」の詩が、いかにすばらしいものだったのかが、あらためて確認できるようだ。賢治は流行の東京風俗のジャズにかぶれたのではなく、ジャズをきっちり「音楽」として受けとめ鑑賞し、イーハトーヴの風景の中に、その「ジャズ」の真の魅力を見出し、描き切っているのである。

「宮沢賢治と中原中也」（山折哲雄『デクノボーになりたい』）の「〈名辞以前の世界〉の言葉」という章をもう一度思い出して読み返したい。

（前略）ところが、あとからわかったことであるが、中也の遺稿のなかには「宮沢賢治の世界」というもう一つの文章が残されていた。そこには、賢治と中也の関係を考える上で看過しえない貴重な思考の断片が記されていたのである。大岡昇平もそのことをつよく意識していたらしいことが、文章を読んでいてよくわかる。

そこにはいくつか重要なことが指摘されているが、ここでとくに強調しておきたいのが、中原のいう「名辞以前の世界」という事柄である。かれはその「宮沢賢治の世界」のなかでこんなことをいっている。——賢治がもしも芸術論なるものを書くとしたら、まずこのような形ですすめるのではないか。

一、「これが手だ」と、「手」といふ名辞を口にする前に感じてゐる手、その手が深く感じられてゐればよい。

一、名辞が早く脳裡に浮ぶといふことは尠くも芸術家にとつては不幸だ。名辞が早く浮ぶといふことは、やはり「かせがねばならぬ」といふ、人間の二次的意識に属する。

………

ここでいわれている「名辞以前の世界」というのは、「概念」などのまったく容喙《ようかい》できない世界のことであって、賢治の一生はその世界への「間断なき恋慕」であったと中也は書いている。そして中也自身もまた、この「名辞以前の世界」につよい矜持《きょうじ》の念をもって没入しようとしていた大岡は書いている。それは、宮沢賢治の死を通して得た中也自身の「新しい発見」だったはずだといっている。その点において、宮沢賢治と中原中也はまさに同質の詩人だったといっていることになるわけである（『大岡昇平全集』第十四巻　中央公論社）。

この「名辞以前の世界」で呼吸していた賢治の詩を見て、中原中也は大きな精神の衝撃を受けたのではないだろうか。大正十四年の秋ごろ、はじめて『春と修羅』を読んでから、それが「十年来の愛読書」になったのも、そのときの感動の深さをあらわしているにちがいない（後略）

これはまるまるジャズのインプロヴィゼーション＝即興演奏のことをそのまま言っているのと、同じことのように受けとれてくる。

アドリブ、フェイク、ライド、ジャムなどとも呼ばれるジャズのもっとも本質的なところだ。賢治はジャズ・インプロヴァイザーのソロイストであり、リズム・セクションは岩手軽便鉄道であり、伴奏者は、イーハトーヴの風景であり、風であり、北上山地という風土だったのではないだろうか。

そう思えば、賢治のすべての詩や童話には、いつもたえず音が流れている。

それは「音楽」と言ってしまってもいいほどのはっきりとした「音」なのだが、そのあふれ出てくる音楽的な響きは、すべてこちらの想像の中の音であり、けっして具体的な音、音楽となって現われてくるものではない。

しかし「岩手軽便鉄道　七月（ジャズ）」は、ぼくの耳の奥でいつも軽快に鳴って確実に聞こえてくるのである。

エノケンとカジノ・フォーリー

エノケン（榎本健一）のライブ舞台を見ることはさすがにかなわなかったが、エノケン映画は何本も見ている。どれも戦前のエノケン映画を戦後になって見ているわけだが、「孫悟空」「弥次喜多」「猿飛佐助」「法界坊」、中でも「ちゃっきり金太」（監督山本嘉次郎）のすりの金太が逃げまくる疾走シーンのスピード感が、いまでも鮮烈に残っている。

子どものころにあのダミ声の物真似がはやっていて、わざと喉をつぶしてぼくもエノケンの歌の物真似をしていた。「渡辺のジュースの素」のコマーシャルもエノケンの歌だった。

エノケンは「ジャズ」と「ギャグ」を融合させた音楽喜劇を実現した俳優といわれるが、つまりはジャズとドタバタ、そしてナンセンスをミックスさせて成功させた元祖「喜劇王」ということになる。

クレージー・キャッツのご先祖のような喜劇俳優が昭和の初めにすでに登場していた。

そのエロ・グロ・ナンセンス時代、昭和四（一九二九）年十月二十六日、エノケンを座長格とする浅草アチャラカ音楽劇が誕生した。「第二次カジノ・フォーリー」である。

「第一次カジノ・フォーリー」は、フランスのレビューに心酔して帰国した画家の内海正性《まさなり》が、昭和四年七月十日に浅草奥山の水族館で旗揚げ公演をしたが、客が不入りで幕を閉じた。わずか二か月であった。

「第二次」も、不入りが二か月も続いたが、「東京朝日新聞」の夕刊に川端康成の連載小説「浅草紅《くれない》団」が始まり（昭和四年十二月十二日〜昭和五年二月十六日）、そこでカジノ・フォーリーの魅力を描いたことから、客足は急速に増えだした。
そしてカジノ・フォーリーは、浅草の新名所となる。

二村定一が浅草電気レヴューで気勢を上げていた昭和四年六月、エノケンが浅草水族館にカジノ・フォーリーの一員として出演したのが、浅草レヴュー参加の第一歩となった。（中略）エノケンは黒人に扮してチャールストンのジャズ・ダンスを踊って人気があった。のちにエノケン劇団の文芸部員になる菊谷榮は、その十一月の第二回公演を見て大感激をしたと言っている。以降、五年七月までの全二十六回公演のプログラムの中から、どんなジャズ・ソングやダンスを踊っていたかをのぞいてみよう。

構成は全三本立てでレヴューと題するコメディが二本、中間に歌と踊りのヴァラエティと題するショウが入る。独唱しているのは主として城山敏夫で、「君恋し」「当世銀座節」「都会交響楽」「夜の東京」など佐々紅華作曲でヒットした和製ジャズ・ソングや「フー」「ティティナ」「ソーニア」「ソニー・ボーイ」「月光價千金」など最新のアメリカのポピュラー・ソングが歌われた。「ジャズの演奏」と題して、長谷川顯の指揮する専属バンドが毎回一曲ずつ「リオリタ」「底抜け騒ぎ」などのジャズ演奏をきかせている。バンドは長谷川のヴァイオリン以下、サックス二本、トランペット一本とリズム三人の七人で、大編成ではないが、若手の優秀なジャズメンを揃え、舞台で踊るジャズ・ダンスが白熱してくると、トランペッターがボックスから出て舞台に上がって、女性ダンサーと競うようにして吹きまくったので、客席の若者たちから喝采を博したという。

（井崎博之『エノケンと呼ばれた男』講談社）

ジャズ・ダンスの景が非常に多いのも特色で、最上千枝子、花島喜世子、梅園龍子、以下望月美恵子まで、計十人の十代の若い美人ダンサーが連続総出演しており、おそらく男性客の人気を博していたのに違いない。さらにエノケンのダンスが絶品で、「サァカス一座」で娘役に扮し、バレエ衣裳で間野玉三郎とタンゴを踊った時の面白さ、可笑しさは天下一品だ、と絶讃している。ダンサーとしても稀代のエンターテイナーだったことが判る。このように、ジャズ・バンド、ジャズ・ダンス、ジャズ・ソングと、ジャズ演奏を大きな売物にしていたことがうかがわれる。

（瀬川昌久「エノケンとジャズ」『エノケンと〈東京喜劇〉の黄金時代』論創社）

作詞・門田ゆたか、作曲・古賀政男、歌・藤山一郎の有名な「東京ラプソディー」は、昭和十一年のヒット曲。一番は、「花咲き花散る宵も、銀座の柳の下で……」で始まり、二番は「神田」、そして三番は「ジャズの浅草行けば」、四番は「なまめく新宿駅の、彼女はダンサーか……」と続く。「ジャズの浅草」と呼ばれる時代が確実にあった、ということである。

昭和九年から十三年頃までが、エノケン劇団がジャズ的に最も充実し、意欲的であった。文芸部にジャズの好きな菊谷榮がいて、部屋にピアノ、蓄音機をおき、菊谷がジャズ・レコードをどしどし輸入し、バンド指揮者の栗原重一が米国の新曲楽譜をくまなく輸入・管理して絶えず研究をすすめた。菊谷が九年九月から幕間に設けた約二十分の「ライト・コンサアト」の舞台は、彼らが選んだ新曲を歌い演奏するワークショップのようなものだった。(中略)二村定一は、エノケンとかけあいで歌うのが常だったが、女声または男声、混声のバックコーラスをつけることも企画した。団の役者も楽器を練習しはじめ、九年十月の作品『ピカデリーのヨタ者』にはピエル・ブリヤント(PB)アクタアズ・バンドがデビューした。このコンサアトには外部の優れたジャズメンをゲストに呼ぶことも多く、ピアニスト和田肇が十年二月に参加した。その縁で、和田は同年七月の作品、オペレッタ『大西洋孤踏曲』に、「ラプソディー・イン・ブルー」のさわりを独奏した。

PB管弦楽団もますます充実し、九月頃の音楽部のメンバーは総勢二十二人(内訳=トランペット4、サックス4、トロンボン4、バイオリン3、ギター1、ピアノ・ベース・ドラム各2)に達した。「ライト・コンサアト」には十六名が出演した。当時の日本のジャズ・バンドはダンス・ホール出演の際九人編成(ナイン・ピースといった)が最大で、各劇団のバンドもその程度、宝塚や松竹レヴューのオーケストラが弦を入れても十二、三名がせいぜいであったから、PBバンドは日本最大の豪華なバンドだったわけだ。(中略)十年六月頃の劇団は、ダンシング・チームとバンド、スタッフを含めて総勢百六十余名の日本一の大劇団に成長していた。(瀬川昌久「エノケンとジャズ」)

この菊谷栄《きくやさかえ》（一九〇二〜三七）という人物と浅草という土地柄が「ジャズの浅草」を生んだようだ。有名な軽演劇の名作として知られる「最後の伝令」の作者でもある。昭和十二年中国大陸で戦死してしまった（三十五歳）。

昭和十二年、日中戦争が起きてからふた月とたたぬ九月、突然菊谷のもとに召集令状がつきつけられる。

一年志願兵として入隊したことのあった菊谷は伍長だった。

青森駅から戦地に出発の日、菊谷榮は、銃を肩に、分隊長の位置について行進していった。

エノケン一座は、東京・新橋第一劇場で、菊谷榮作「ノー・ハット」を上演していた。その舞台に、「軍用列車間もなく品川通過」の知らせが届く。エノケンはじりじりしていた。機会は一度しかない。エノケンは幕前に立った。

「〝今、この本を書いた一座の座付作家が、お国に召されて品川駅を通過します。わがままを言って済イませんが、一時間半だけ暇を下さい。どうかお許し下さい〟って挨拶しましたらね、〝行って来い！〟〝みんなこのまま待ってるぞゥ〟って、拍手してくれましてね。一座で品川へ駆けつけました。私は、そン時に隊長さんに頼みました。〝隊長さん、この菊谷伍長、伍長でした確か、菊谷伍長はエノケンにとって、いや、日本のレヴュウにとって大事な人なんだから、晴れの凱旋の日まで、どうかお願いします。お願いします〟ってね。そうしたら隊長さんは、〝判った、判った〟って言ってくれましてね」（篠崎淳之介『エノケンを支えた昭和のモダニズム・菊谷栄』北の街社）

いい話である。

昭和六年七月に初めて菊谷榮が書いた第一作の脚本「ジヤズよルンペンと共にあれ」とあったそうだ。

エノケンと劇団のジャズ的な充実ぶりは、エノケンが自らのポケットマネーを出して編成した「エノケン・ディキシーランダース」というオールスター・バンドをピークに終わってしまう。つまり太平洋戦争に突入してしまったからである。ジャズは突然に「敵性音楽」となり、演奏は禁止され、レコードは踏みくだかれた。

日本のジャズ史におけるエノケンの役割はとても大きかったようだが、それではいわゆるジャズ・ソングをふくめて日本の「ジャズ・ボーカル」の第一号ははたして誰になるのか？『日本のジャズ』（毎日新聞社）で、内田晃一氏は次のように述べている。


大正末年頃、NHKからジャズを日本語で歌っていた二村定一、天野喜久代、佐藤千夜子らがジャズ・ボーカルの原点であろう。戦前派ミュージシャンに「ジャズ歌手の第一号は？」と聞くと、「淡谷のり子でしょう」との返事が多く返ってきて驚かされる。昭和四年、東洋音楽学校を出た淡谷のり子は、ポリドールの試験を受けて入社、井田一郎作曲〈東京の夜〉でデビュー。同時に井田一郎バンドで浅草・電気館のジャズ・アトラクションに登場。エキゾチックな容貌とジャズ・ソングで人気を一身に集める――の経歴でジャズ・ボーカルの第一号は淡谷のり子できまり。後年シャンソン、ラテン、タンゴの女王と呼ばれた彼女の芸域の広さを示している。後年のジャズ評論家、昭和初年新聞記者をしていた野川香文の紹介で淡谷のり子のところへジャズを習いに行ったのが昭和八年前後溜池・フロリダ・ダンスホールでコーラスをやっていた清水君子、中川マリ、相良喜子（後の水島早苗）の三少女。レッスンを始めてすぐ清水君子はサックス奏者の東松二郎と、中川マリはタップ・ダンサーの中川三郎と、相良喜子もだれかとそれぞれ結ばれたり出産したりでコーラス活動は停頓してしまった。

「力を入れてるのに」と腹を立てた野川香文が、淡谷のり子にこう噛みついたそうである。「淡谷さん!! あの子たちに何を教えてるんですか？ 男や子供の作り方は教えてくれなくてもいいんですよ!!」

本格的なジャズ・ボーカルの第一号は水島早苗とディック・ミネであろう。

さすがに淡谷のり子は昔からかっこいい。また野川香文はあの「雨のブルース」の作詞者でもある。

「ディック・ミネは戦前戦後を通じてもっとも偉大なジャズ歌手であり、演歌歌手でもありました」と言うのは、俳優の小沢昭一氏。

ディック・ミネという歌手は日本歌謡史にジャズソングの歌い手として登場しました。それはちょうどこの国が中国との戦争の泥沼に次第にのめりこんでいく時期でした。でもまだジャズソングを歌って世に出る自由はあったのです。その自由を、そのジャズ的な、もっといえば伸び伸びとして、押さえつけられてはいない人間的な感覚を、幼い私は、ディックさんの歌を通じて感じとっていたような気もするのです。

しかし時代は次第に軍国主義一色になります。私もいつのまにか軍歌、軍国歌謡を歌う軍国少年になってしまいます。そして戦争に負けて、こっぴどい目に会って、日本中が茫然自失、心のよりどころを失っている時に、焼け跡にジャズが聴こえてきたのであります。そうだ、俺の幼いころにディック・ミネが歌っていたヤツだ。私は理屈でなく感覚的に少年時代に戻ることが出来まして、あの焼け跡ですんなりと戦後を受け入れることが出来たような気がするのです。子供の時に聞いていたディックさんの歌が、戦後の自由主義を感じとれる下地を作っておいてくれたといっても過言ではありません。(中略)

ディック・ミネは戦前戦後を通じてもっとも偉大なジャズ歌手であり、演歌歌手でもありました。相いれないと思われているこの二つの世界を見事に融合して独得のミネ・ワールドを作った歌手だったとは、ある音楽評論家の言葉です。私にしてみれば、繰り返しますが、敗戦後のドンデン返しのショックを、「アア、ディック・ミネの世界に戻ればいいのだ」と教えてくれた恩人ともいえましょう。(『小沢昭一的流行歌・昭和のこころ』新潮社)

ディック・ミネの歌うヒット曲は、ぼくでもほとんど歌える。もちろん戦後の小学生時代であるが、だから小沢昭一氏のディック・ミネ賛歌は、はるか年下のぼくでもわかる。

あの「ダイナ、私の恋人」は、訳詞というよりディック・ミネのオリジナルの作詞だった。ついでに「ダンナ、お金をちょうだいな」と歌っていたのは、エノケンの「ダイナ」だったはず。

この「ダイナ」は百万枚を超えたジャズ・ソングのヒット第一号である。トランペットは南里文男。イントロは、ルイ・アームストロングのまるまるコピーだったとか。ディック・ミネ二十五歳。南里文男二十二歳。

昭和八年新設のテイチクレコードから「ダイナ」と「黒い瞳」でデビュー。訳詞、編曲、ギターの弾き語りと、全部本人がやってのけていたそうである。

「当時、ダンスホール全盛の時代、ジャズやポピュラー・ソングの洋盤がよく売れていました。それを日本語に移し替え、人々にジャズソングの楽しさを知らせたのは、ディック・ミネだったといえます」（福田俊二『写真で見る昭和の歌謡史』柘植書房）

明治四十一（一九〇八）年生まれで、本名は三根徳一《とくいち》。平成三（一九九一）年八十二歳で亡くなっている。

友人の劇画家、故・上村一夫が、酒を呑み、ひざにギターを抱えると、必ず弾き語りで歌っていた一曲、「二人は若い」も、ディック・ミネだった。掛け合いの女性は当時の人気女優、星玲子。「貴女と呼べば、貴方と答える」というあの歌である。この作詞の玉川映二とは、サトウ・ハチローのこと。

上村一夫は、この「貴女」というところをいつも「あんた」と呼び変えて歌う。たとえば「港が見える丘」だと、「あんたと二人で来た丘」というように歌う。このあんたが、絶妙の上村一夫節だった。

というように「人生の並木路」「旅姿三人男」「林檎の樹の下で」などなど、ディック・ミネの歌はみんな戦後のぼくらの子ども時代の愛唱歌だったのである。

「同棲時代」の劇画家、上村一夫は、酔うときまって「港が見える丘」を唄った。もちろん破調、乱調の「港の見える丘」である。いかにも辛そうに身をよじり、もともと怪しいギタアの手もとはもつれ、歯と歯の間に隙間があるのでそこから息が洩れて歌の文句は聞きとりにくい。けれど春の夜、満座は妙にしんとしてこの不思議な歌を聞いてしまう。私などはその度に泪ぐんでしまう。それは、まるで陽炎《かげろう》みたいにとりとめもなく生暖かい「港が見える丘」なのである。そしてユニイクなのは、彼は歌の中の〈あなた〉を〈あんた〉に、〈わたし〉を〈あたい〉に言い換えて唄うのである。つまり、上村一夫の「港が見える丘」は、こうなる。

あんたと二人で来た丘は
港が見える丘
色あせた桜　唯一つ
淋しく咲いていた
船の汽笛　咽《むせ》び泣けば
チラリホラリと花片《はなびら》

あんたとあたいにふりかかる
春の午後でした

上村一夫の歌の向うに〈戦後〉が揺らめいて見える。陽炎の向うに〈戦後〉の男や女が、揺れながら浮かんで見えて来る。〈あんた〉は細く尖った顎のあたりに険のある、柳屋ポマードの匂いのする男である。〈あたい〉は薄っぺらなスカアトの腰のあたりが物欲しげな、下《しも》ぶくれの女である。パーマネントがまだ板につかずに落ち着かない、眉のうすい女である。突然、陽あたりの悪い暗がりから解放された戸惑いと、臆病さと、そして軽薄さを正直に顔に出している〈あんた〉と〈あたい〉なのである。何となく勝手の悪さに戸惑ってはいるものの、男と女は腰のあたりを律儀に密着させている。洒落た会話が思い浮かばない分だけ、自分の肉体を相手のそれにしっかりと押しつけているのである。思い出してみると〈肉体〉という言葉は、戦前にはほとんど使われていなかったような気がする。この二文字が新聞や雑誌の粗悪な紙の上に踊りはじめたのは昭和二十二年、田村泰次郎が『肉体の門』を発表した頃からであった。そしてボルネオ・マヤの肉体が、夜の女たちの私刑によって宙吊りに揺れている地下道の情景に、似合いすぎるほどよく似合ったのが「港が見える丘」のメロディだったのである。（久世光彦『昭和幻燈館』中公文庫）

杉狂児という俳優を覚えておられるだろうか。もっぱら脇役だったが、いかにも好々爺といった役柄が多く、やんちゃな姫君のお守り役というような、たとえば三太夫という名のつくような喜劇俳優の役が多かったように思う。
これも『小沢昭一的流行歌・昭和のこころ』の受け売りだが、あの「パピプペ　パピプペ　パピプペポ」の「うちの女房にゃ髭がある」は、杉狂児氏の歌だった（作詞・サトウ・ハチロー）。

杉狂児さん。明治三十六年の生まれです。昭和五十年、七十二歳でお亡くなりになりました。戦後の映画ではもっぱら脇役でした。時代劇の東映に入った関係で、ちょっとトボけた家老のような役が多かったようですが、率直にいって映画史に残るというような仕事は戦争中に終えられていたようでございますね。初めての主役は大正十四年です。二十二歳の時の『踊れ若者』という映画。私が生まれる前の作品なので見ておりませんが、『踊れ若者』とは、なんとなく後年の杉狂児を象徴するような題名ですね。（中略）

私が生まれた昭和四年には、杉狂児さんは『熱砂の舞』という映画を監督主演したと記録にあります。監督したのはこれ一本らしいのですが、タイトルはいかにもマジメッポイ。後年、お笑いのビートたけしさんが映画監督・北野武として実に、マジメな作品を撮っている。そういう意味では杉狂児さん、北野武さんの大先輩ともいえるんじゃないですか。そして、喜劇俳優としても、『杉狂の催眠術』とか『杉狂の歌日記』とか、杉狂児、略して〝杉狂〟を売り物にした作品が作られております。名前を略される様になるとスターですね。榎本健一エノケン、木村拓哉キムタク。当時の杉狂がいかに売れっ子だったかがわかります。

ちなみに当時の杉狂にもっとも近いキャラクターを戦後映画で探すとしたらだれだろうという

話になった時、一番近いのはフランキー堺じゃないかといった人がおりました。この話をご長男にしたところ、たしかにフランキー堺の表情、動き、芝居は父親そっくりだとおっしゃる。顔もシャクレ顔で似てます。しかも杉狂さん、若いころはアクターズバンドというジャズバンドを作って、なんと自分はドラムを叩いていたという。ご承知のようにフランキー堺もそもそもはジャズドラマーだった。実にどうも出来過ぎたような話ですが、出来過ぎでもなんでもない。杉狂児主演の映画には、『ジャズの街かど』とか『ジャズ忠臣蔵』とか、タイトルにジャズとつく作品があり、さらにジャズを演奏している映画が何本かあるんですよ。（中略）
たとえば『ジャズ忠臣蔵』という映画が作られたのは昭和十二年で、つまり日本が中国と本格的に戦争を始めた年ですが、そのころすでに忠臣蔵をジャズでしゃれのめしてやっていた映画があったということは、ぜひご記憶いただきたいのですよ。

昭和五十九（一九八四）年の新宿コマ劇場、山下洋輔のジャズ・オーケストラ「ジャズ忠臣蔵」の原型がすでに昭和十二年にあったというのが感動的だ。
ジャズ好きはコメディ好きが多いということが、世代をへだてて証明されているようで楽しくなる。つまりこれはミュージカル好き、パロディ好き、すなわち「ミンストレル」の歴史に通底しているのかも知れない。

高平哲郎氏の初のインタビュー集のタイトルは『みんな不良少年だった』（白川書院）。登場人物は俳優の川谷拓三から始まって、ジャズ・ミュージシャン、ロック、映画監督、渡哲也や加山雄三、菅原文太などに、植草甚一、赤塚不二夫といった人たちまで交じった個性派ぞろいの二十二名。

もちろんインタビューはどれもおもしろかったが、それよりもこのタイトルがいまあらためて懐しく響く。昭和五十二（一九七七）年当時、まだ「不良少年」が魅力的なイメージの時代だったのである。

作家の筒井康隆氏の著書にも『不良少年の映画史』（文春文庫）がある。中学一、二年のころ学校をさぼって、筒井氏は朝から映画ばっかり見に行っていたという。

「不良少年」の定義はむずかしいが、その程度の差はいろいろあっても、「不良」という言葉には世間のひんしゅくを買う存在ということのほかに、どこか懐しくて、羨望の対象にもなる存在でもあった。

ぼくは自分の子ども時代は少しませていたのかもしれないな、とは思うが、だから自分が〝不良〟だったとはまったく思っていない。ただ、小学生が一人で映画館や喫茶店に入ることは禁止されていたのだから、その禁を破っていたぼくは当時の規則からいえば、やや不良気味ぐらいのところか。

ジャズ好きについてもまったく同様で、寿屋（現サントリー）提供のラジオ番組「ジャズ・アット・ザ・トリス」（文化放送）が始まったのは、昭和二十九（一九五四）年だが、往復葉書きをせっせと出して公開録音に応募し、有楽町のヴィデオ・ホールに通っていたときは、まだ中学生だった。

「トリス・ジャズ・ゲーム」である。

これもやや不良といったところになるのかもしれない。

昭和三十一（一九五六）年一月、石原慎太郎の「太陽の季節」が第三十四回芥川賞を受賞し、五月に映画化され、「太陽族」ブームが起こるが、よりによってそのブームの真最中に、わが家は逗子に引っ越しをしている。

逗子の海岸は、アロハにサングラス、慎太郎刈りの少年たちであふれかえっていた。

石原慎太郎氏は〝不良〟を描いてはいるが、もちろんご本人が不良のはずはない。

不良というのはその時代によって、一人一人の受けとめ方によってもさまざまあるので、なかなか定義づけるのはむずかしいが、『不良少年』（桜井哲夫　ちくま新書）というそのものずばりの不良少年の戦後史ともいえる著書もすでにある。

桜井哲夫氏は昭和二十四年生まれなので、ぼくより七歳年下になるが、トリュフォーの映画や漫画「あしたのジョー」などを例に述べられている不良少年像は、ほとんどぼくとイコールする。ただ、ここでは〝音楽〟と〝不良〟についての項目がないのが、決定的に残念なところであった。

ぼくの少年時代のジャズ好き＝不良がそうであったように、〝公序良俗を犯す〟として、ロカビリー＝不良、ロック＝不良、といつもアメリカ音楽＝不良がついてまわってきている。

戦後すぐのアメリカナイズ＝不良、ならまだわからないでもないが、二〇〇九年の今日まで、ヒップ・ホップ＝不良、と相変わらずなのがむしろ興味深いところなのではないだろうか。

石原慎太郎氏が「不良」なのは、「ジャズ」と「ダンス」とそして「ヨット」を描いたところで確実に当時の不良のレッテルどおりになるからである。そして、それはもうすでに大正時代からずっと続いてきているお決まりのイメージであった。

大正十四（一九二五）年一月二十二日から五月五日まで「九州日報」に七十九回連載された「東京人の堕落時代」（『夢野久作全集2』ちくま文庫）というルポを少しだけ読みたい。

筆者は杉山萠圓。作家・夢野久作（一八八九〜一九三六）の記者時代のルポルタージュである。「萠圓」というのは久作の雅号らしい。

その「不良少年少女」の項を読むと、もはや七〜八十年も昔のこととはとても思えない、現代にそのまま通じるような内容に思わず唖然としてしまうはずである。夢野久作による関東大震災後のルポルタージュが、いまだにこれほど説得力を持っているというのはどういうことだろうか。

進歩がまるでない、といえばあまりにまるでないのに驚いてしまう。世間が「不良」とレッテルを貼るイメージは、まったくいまと同じなのである。

その一部をところどころ抜き読みしてみたい。

不良性と震災後の推移

清浄無垢な少年少女の空前の不浄化は、東京人の堕落の中でも最も深刻な意味を持っている。

不良少年少女の激増は、東京人の堕落時代を最も深く裏書するものである。その時代相は日本文化の欠陥そのものを指さし示している。そうしてその堕落ぶりは、将来に於ける日本民族の堕落ぶりを暗示しているものと考えられねばならぬ。（中略）
震災前の東京の不良少年には、喧嘩、恐喝の傾向が漸次減少しかけていた。浅草あたりで初心な少年少女を脅かして金を捲き上げるために、喧嘩を吹っかけたり、短刀を見せたりするのがある位なものであった。それ以上の乱暴や無鉄砲を働くものは、壮士か不良青年に属すべきものであった。それが震災直後には急に殺伐になった。（後略）

不良性は如何にして地方に伝わるか

どこでもそうであるが、不良少年少女の活躍が最も眼に立つのは春から秋にかけてである。そうしてその活躍の影響が地方に及ぶのは、夏と冬と秋の休暇後である。殊に冬の間は、表面上不良性の潜伏期であると同時に、内実は蔓延期であるらしい。東京の不良性を受けた者が、冬と春の二度の休暇に帰って来て、地方の子女に直接に病毒を感染させる時季であるらしい。（中略）その病的傾向は各地でこの春に芽を吹き、来るべき夏に全盛期を見せ、秋に到って固定するというのが順序である。

新東京の堕落時代……あの大震火災の翌年、即ち大正十三年度中に見せた東京人の腐敗堕落が、如何に地方に影響しているかがわかるのはこれからである。

少年少女（青年処女をも含む）時代には先祖代々からの遺伝がみんな出て来るという。獣《けもの》のような本能、鳥のような虚栄心、犯罪性、残虐性、破壊性、耽溺性などというのが下等の部類に属するのだそうである。上等のほうでは事業欲、権勢欲、趣味欲、研究心、道徳心、宗教心、英雄崇拝心なぞいずれも数限りない。

この中で下等の方は堕落性、上等の方は向上性とでも云うべきものであろうが、今の社会ではこの向上性をも一種の危険性と認めて、この堕落性と共に不良性の中に数えている場合が多い。少年少女がこんな性質を無暗《むやみ》に発揮してくれると、教育家は月給や首に関係し、父母は面目や財産に関係し、当局は取締に手古《てこ》ずるからであろう。

要するに、今の社会が少年少女の不良性とか危険性とか名づけているものは皆、若い人間の心に燃え上る人間性に外ならぬ。（後略）

大人の堕落性の子女に対する影響

かような少年少女の悩みに対して、日本人の大人はどんな指導を与えて来たか。どんな模範を示して来たか。

彼等少年少女の宗教心、道徳心、芸術心、野心、権勢欲、成功欲等のあこがれの対象物である宗教家、教育家、芸術家、政治家、富豪等は皆、その誘惑に対する抵抗力が零であることを示して来た。

彼等偉人たちは、すこし社会的に自由が利くようになると、ドシドシ堕落してしまった。豪《えら》い人間は皆、堕落していい特権があるような顔をして来た。えらいと云われる人間ほど、破倫、不道徳、不正をして来た。

それを世間の人間は嘆美崇拝した。そうして、そんな事の出来ない人間を蔑《さげす》み笑った。つまらない人間、淋しいみすぼらしい人間として冷笑した。

そんな堕落――不倫――放蕩――我儘をしたいために、世間の人々は一生懸命に働いているかのように見えた。

この有様を見た少年少女は、えらいという意味をそんな風に考えるようになった。成功というのは、そんな意味を含んでいるものと思うようになった。日本中の少年少女の人生観の中で、最も意義あり、力あり、光明ある部分は、こうして初めから穢《よご》された。その向上心の大部分は二葉《ふたば》の中《うち》から病毒に感染させられた。

彼等少年少女の心は暗くならざるを得なかった。その人生に対する煩悶と疑いは、いよいよ深くならねばならなかった。

今でもそうである――否、もっと甚だしいのである。

教育に対する少年少女の不平と反感

一方に、こうした彼等の悩みを、今日までの教育家はどんな風に指導して来たか。

現代の教育家は商売人である。

だからその人々の教育法は事なかれ主義である。

その説《と》くところ、指導するところは、昔の野《や》に在る教育家の、事あれ主義を目標にした修養論と違って、何等の生命をも含まぬものばかりであった。そうして、哲学や、宗教や、主義主張、又は血も涙も、人間性も……彼等少年少女の心に燃え上るもの一切を危険と認めて圧殺しようとする教育法は、あとからあとから生れて来る少年少女の不平と反感を買うに過ぎなかった。

彼等少年少女の向上心は、これ等の教育家の御蔭で次第次第に冷却された。現代の日本の教育家が尊重するものは、どれもこれもいやな不愉快なものと思われて来た。残るところは堕落した本能ばかりである。彼等少年少女は、そのような心をそそるものばかりを見たがり、聞きたがり、欲しがるよりほかに生きて行くところがなくなった。（後略）

全人類の不良傾向

ところが、この事なかれ主義の圧迫的教育法が、最近数年の間に大きなデングリ返しを打った。理窟詰めの禁欲論、味もセセラもない利害得失論で少年少女の不良性を押さえつける事が不可能な事を知った学校と社会とは、慌てて方針を立て直した。正反対の自由尊重主義に向った。

この傾向には過般の欧州大戦が影響している。

欧州大戦は民族性や個性の尊重、階級打破、圧迫の排斥なぞいう、いろんな主義を生んだ。それは皆、今まで束縛され、圧迫されていたものの解放と自由を意味するものであった。

世紀末的の様子や主張、ダダイズム、耶教崇拝、変態心理尊重等いう、人類思想の頽廃的傾向がこの中から生み出されて、更に更に極端な解放と自由とを求むる叫びが全世界に漲《みなぎ》った。

「自分の権利はどこまでも主張する。同時に何等の義務も責任も感じないのが自由な魂である」というような考えが全人類の思想の底を流れた。（後略）

家を飛び出したい

現代の少年少女がその親達から聴くお説教は、大抵、生活難にいじけた倫理道徳である。物質本位の利害得失論を組み合わせた、砂を噛むような処世法である。殊に震災後の強烈な生存競争に疲れ切った親達は、もうそんな理窟を編み出す力さえ無くなったらしい。あとは学校の先生に任せて、「どうぞよろしく」という式が殖えて来たらしい。

単純な少年少女の頭は、そんな親たちの云う通りになったら、坊主にでもなった気で味気ない一生を送らねばならぬようにしか思われぬ。親のために生れたので、自分のために生れたのではないようにしか思われぬ。とてもやり切れたものではない。「おやじ教育」なぞいう言葉が痛快がられるのは、この社会心理からと思われる。

少年少女は、だから一日も早く、こんな家庭から逃げ出そうとする。何でも早く家を出よう、独立して生活しよう、そうして享楽しよう……なぞと思うのは上等の方であろう。

こうした気持ちは東京の子女ばかりではない。地方の子女も持っている。地方の若い人々が「東京に行きたい」という心の裡面には、こうした気持ちが多分に含まれているであろう。（後略）

昭和四十七（一九七二）年の寺山修司（一九三五〜八三）『家出のすすめ』「行きあたりばったりで跳べ」（角川文庫）だとこうなる。

今から六、七年前に、真木不二夫が「東京へ行こうよ」という歌謡曲をうたって大いにヒットしたことがあります。

ところが、この曲は発売後まもなく「家出の傾向を助長し、かさねて風俗を紊乱《びんらん》するものである」という理由から発売禁止になってしまいました。ラジオなどでももちろん、この曲を電波にのせてはあいならぬ、というわけです。

そこで、このヒット曲の何がいけないのか、どこがいけないのか、聞いてみると歌詞のなかに「東京へ行こうよ！　行けば行ったで何とかなるさ」というルフランがあって、それが家出人を無責任にけしかけることになるから有害なのだ、ということでした。

しかしわたしには本当はこの「行けば行ったで何とかなる」というエネルギーを思想化することこそ重要なのではないか、と考えられてなりません。

地方の農村で、上り列車の汽笛を聞きながら東京、「陽のあたる場所」を夢見あこがれながら、行動へ転化するエネルギーをもたずにくすぶっている若者たちはいっぱいいます。そんなかれらに「そこでじっとしていろ」と説得することは、農本主義の立場からの政治的効用はあっても、人間を復権するというたてまえからは、有害なのではないでしょうか。（中略）

わたしは、同世代のすべての若者はすべからく家出をすべし、と考えています。家出してみて

「家」の意味、家族の中の自分……という客観的視野を持つことのできる若者もいるだろうし、「家」をでて、一人になることによって……東京のパチンコ屋の屋根裏でロビンソン・クルーソーのような生活から自分をつくりあげてゆくこともできるでしょう。

やくざになるのも、歌手になるのもスポーツマンになるのも、すべてまずこの「家出」からはじめてみることです。

「東京へ行こうよ、行けば行ったで何とかなるさ」――そう、本当に、「行けば行ったで何とかなる」ものなのです。

当時この『家出のすすめ』をバイブルに、たくさんの少年少女が東京にやって来た。田中角栄の日本列島改造論の年である。天地真理、ホットパンツ、山本リンダのヘソ出しルック、仮面ライダーのヘンシーン、わるのりが若者らしいといわれ、あの浅間山荘事件がテレビでぶっ通しで生中継された年でもある。

宮澤賢治も一度だけだが家出をしている。

大正十（一九二一）年一月二十三日、午後五時十二分発の列車で上京。

突然出京致しました。

進退谷《しんたいきわ》まったのです。

二、三日は夜だけ表記に帰ります。その後のことはまた追って御報知致しましょう。

二十五日夜　東京市本郷区菊坂町七五　稲垣方　宮澤賢治

という書簡を、甲斐国北巨摩郡駒井村　保阪嘉内宛に送った。

理由は、寺山修司の「すすめ」とほとんど変わりはない。むしろ大正世代と寺山修司の「すすめ」は、個の自立＝東京へ家出という意味では時代と関係なくまったく同じなのである。賢治も東京に憧れて出てきたのだから。

とくに大正時代後期から昭和初年は家出人が激増した時代だったといわれている。その一番大きな理由は「交通機関の発達」にあった、というのもひどくわかりやすいが、そればかりでなく疲弊してしまった農村（岩手もそうだった）と、谷崎潤一郎や永井荷風、夢野久作や内田百閒、横溝正史、海野十三、そして江戸川乱歩たちが描いていた「遊民」たちが歩きまわる東京の、「夜」の絢爛さにみな憧れていたのではないか。

つまり「本」であり、「映画」によって描かれた「東京」に憧れたのである。それは文字通り「家」（制度）を「出」ることによってのみしか成就しなかったからである。

では、夢野久作ルポの不良少年少女時代の日本の「ジャズ」の状況とは、どんなものだったのか？　今和次郎の『新版大東京案内・下』から見てみたい。

ジャズを支えた不良少年少女

今和次郎が編集した『新版大東京案内』（ちくま学芸文庫　上下）は、昭和四（一九二九）年に中央公論社から出版されている。大正十四（一九二五）年から昭和六年までの七年間に調べ上げたものだ。夢野久作の「東京人の堕落時代」とほぼ同時期に調査はスタートしている。

つまり関東大震災が大正十二年九月だから、破壊から復興へ向っている東京を細密に描いているのだが、読んでいるとなんだか一九六〇〜七〇年代のぼくらの気分とあまり変わってはいないのではないのかと思われて、その同一の気分に驚かされた。

「イズム、イズム、イズムの行進曲」というところを除けば、現代の学生たちでさえも同じようではないかと見えてくる。

警視庁の不良係のブラックリストに載つてゐる不良少年は約一万五千人、不良少女の方はその一割の、約千五百人もあるさうである。神田、新宿、銀座、上野、浅草等の盛り場は彼等の根拠地である。

不良少年にもピンからキリまであるが、大体、硬、軟、両派に分けられてゐる。硬派の徹底したのになると、団体を作つて、そのうち一番胆力も坐はり、腕力も強いものが団長になる。そして、団長と他の団員の関係は江戸時代の侠客の、親分と乾分《こぶん》との間のそれのやうである。意地とか、義理とかいふ事もなか〳〵やかましいのである。（中略）

この封建的な不良団は、時代の進展とともに次第に減少しつゝあるが、近来ます〳〵増加の傾向が見られるのは軟派の不良である。彼等も少くとも二三人で一団となり、巧に婦女を誘惑する。目星を付けた女学生に手紙を送り、甘言を以て惹きつけたり、脅したり密会を強要したりするのは旧い手だが、未だすたれはしないらしい。女学生等は子供らしくして、女性のやうな気がしない、といふ手合はカフエーやバーの女給をねらふ、この方は先方も異性には不自由なくつきあへるから、一寸やそつとでは動じない。そこに苦心もあれば面白みもある。目星をつけたら、大抵毎日其処に通つて愛嬌をふりまく、仲間に大いに冷かしてもらふ。しばらくこれを続けて、大抵いゝと思ふころ、小あたりにあつて見て、脈があると見れば、本式に手紙を渡すなり、直接に口《く》説《ど》いたりする。もちろん本気で、惚れたのでもはれたのでもないから、成功してもすぐ振りすてゝしまふ、不成功に終つたところで、もとつこである。（後略）

ジヤズとレビユーとトーキーとそしてカフヱとが現代の享楽世界に交流しつゝある世相、それが学生達に反映しない筈はない。スポーツは学生中心だからいはずもがなである。更に思想的には所謂《いわゆる》「赤」が田中内閣の乱暴な弾圧があつたにもかゝはらず刻々と学生層に流れ込み常識化しつゝあるのである。（中略）現代の学生の頭の上に投じられたる漠然たる不安、所謂プチブル的不安と云へば云へるものが彼等の行動の根源をなしてゐるといへよう。この「漠然たる不安」なるものを分析してみるならば、その第一は卒業後の就職難だ。各大学を通じて就職率は二〇%か三〇%の境と報ぜられてゐるではないか。しからば彼等はどこへ行つたらばいゝのか、高い月謝を払つて中学卒業後六年以上の年月を費して、遂《つ》ひには就職出来ぬとすれば、何処に行つて何を

すればいゝのか？（中略）

この就職難から、まともな考へとしては、被搾取階級への同情、そして資本主義社会に必然的に齎《もた》らされてゐる諸欠陥への関心！　それからそれと近代の諸思潮に向つて真面目に留意するとするならば、彼等は近代思潮の市場に何をみせられてゐるか？

マルキシズム、ダヾイズム、ファシズム、リベラリズム

イズム、イズム、イズムの行進曲だ。（中略）

昨日までの「学士様なら娘をやらうか」時代の学生ほ《ママ》卒業は《ママ》必要にして且《か》つ十分なる六十点以上の剰余点は、所謂「偉くなる為め」の稼ぎだった。それで、もつと気骨のある輩は豪傑を気取り、弊衣破帽、西郷隆盛を崇拝するかして、人生如何に生くべきかを論じ、カントとニイチエとそれからホレーシヨとやらを引用してをればよかつた。

しかし今日の学生の関心は哲学ではなくて経済である。

頭のいゝ真摯なる学生はそこでマルキシズムへだ。だがマルキシズム・デイレッタントこそ多数だ。実に多数だ。（中略）理論的には「赤」に共鳴しているが、現代社会は現代社会だとするか、またはそれは現代社会に適用し得るものか知らとの疑ひを生活してゐる者達である。

銀座小唄の更へ歌として次のやうなものがある。

昔恋しいワセダの自由

今の暴圧だれが知ろ

モガと踊つてビラ張つて更けて
明けりや処分の涙雨

よく彼等の気分を歌つてゐるではないか。(中略)

更にマルキストたるべく余りに理論を好まず、スポーツマンたるべく余りに不器用なる学生達の捌け場は、カフヱまたカフヱへだ。そこは最も気楽な享楽場だ。女給の横顔をソツト眺めながらコーヒー一杯を飲む程度から、ジンかカクテルの一杯でやゝ強気に出る程度、(中略) カフヱで相当に強気にふるまへる学生は、また一種の英雄として彼等の間に敬せられる。勿論《もちろん》本式のカフヱ党のやうに学生の身分として豪奢にふるまへるものではないのだから、金なくして女給にもてる方式の巧者でなければならない。

その方式に曰く

1　アッサリしてゐること
2　男らしく
3　常に快活でまた屢々《しばしば》憂鬱であるべし

である。チップは寧《むし》ろ卑怯者の置くべきものである。

先のマルキシズム・デイレッタント、スポーツファンも亦《また》カフヱ党たるはまぬかれない。しかも余技的なカフヱ党として。

しかし尚別に学生達が実用として使用してゐる学校附近の昼のカフヱ乃至《ないし》喫茶店がある。学生達の用に供する休憩所をもたぬ私立学校の学生は、入場料金十銭（コーヒー一杯）の休憩所へと行く、そしてそこには金十銭を払っただけの近代的気分が、椅子にも壁にも、そして女給さんのエプロンにも見られるぢやないか。神田の喫茶店の見事な現はれはその必然からである。——そこは昼は喫茶で夜はカフヱ或はバーと変ずる。——かくして彼等一般は教室の講義と、有銭休憩所のジヤズとを等分にきゝ、近代人たる事、享楽を味得しつゝ生活して行く事の径程《けいてい》をたどりつゝあるのである。

「金なくして女給にもてる方式」には、さすがに笑ってしまうが、「教室の講義と、有銭休憩所のジヤズとを等分にきゝ」というところは、まったくぼくらと同じだ。

むしろ「等分」に聴かずに、サボってジャズ喫茶びたりのほうが多かったぼくらの時代のほうがもっと不良だったことになる。

この「不良」という言葉が使われなくなったのは、第二次大戦後の昭和二十三年に少年法が改正されて、ＧＨＱの指導でdelinquencyという言葉の訳語として「非行」という新しい用語にとってかわられたかららしい。

つまり「非行」は法律用語。どちらでもいいようだが、やっぱり「不良」のほうがすわりがいいような気がする。

ところでその「不良」少年のほうは、明治の初めからすでに一般に使われていた言葉のようだ。するとジャズ」=「不良」の始まりは大正十五年あたりから、すでに定着してきていたのかもしれない。

賢治の『『ジャズ』夏のはなしです』が、「銅鑼」に発表された年である。

今和次郎の『大東京案内』の「東京案内」は、これも現代の「東京案内」と読み変えてもおかしくない説得力がいまでもあるのは何故なのだろうか。


大東京の人口は四百万を越えて世界第二の大都市である――と報告されて一番意外に感じたのは当の東京市民である。あの大震災の瘡痍《そうい》は仲々癒《い》えず、それに年々の不景気で復興局がその任務を終つて解体するやうになつたとはいつても、まだ〳〵市民は復興どころではない胸騒ぎを感じてゐるのである。それが何時の間にか、大東京と名乗つて紐育《ニユーヨーク》に次ぐ大都市となつて蘇生《よみがえ》つてゐるといふわけである。曲者《くせもの》はてつきりあの大震災だ。

「遊覧の東京」も、あの大震災で滅茶滅茶に叩きつぶされて丁度フエニツクスのやうに、煙の中から復興の姿を回生して来て以来、全く変り果てた姿となつたのではあるが、何も東京中がすつかり焼けてしまつたわけではなし、一部分が焼けて新らしくなつたにすぎないぢやあないかと云ふかもしれない。ところが不思議なことにこの震災はたゞに名所や旧蹟の一部を消滅させて一部を新生せしめたといふだけのものではなくて、全東京の持つ性質を根本的に一変させて了つたのであるから妙である。

つまり、古い江戸文化の遺蹟が、部分的ではあれ事実上消滅したのをきつかけに、それと全く相容のちがつてゐる近代的文明の尖端を、そのまゝに形象的に創り出したことにある。それは単に従来の名所旧蹟の上に新らしいそれを附加したといふだけのことでなく、江戸の町民の永い間のし来りを東京の市民が受けついだ形の、所謂《いわゆる》年中行事や、縁日や夜店やについて見ても、全く劃期的な変化に目を刮《みは》らざるを得ないものがあり、東京名物とかうまいものやなどすらも、古きは亡びて新らしいのが栄えるといふ以外に、市民の嗜好《しこう》の本質的な変化を具体化してゐるのである。――でこれを要するに、東京に本当に触れて見ることは、つまりこの全般に亘つた変化そのものに触れて見なければわからないことになる。デパート、アパート、カフエー、ダンス、トーキーなどゝ云ふ片仮名をきいただけで見たゞけで毛嫌ひすることは、やがて、子や孫そのものを毛嫌ひすることになるといふ道理をさとることは、少くとも老人に要求された近代的道徳といふものである。（「遊覧の東京」『同』）

さてこのモダーニズムの方向をたどる「遊覧の大東京」の進み方は、まったくすばらしい速さなのである。東京市民の大多数が味つてゐる生活の変化は震災以来非常に急激なものであつて、一夜にして山が海になるといつたやうな喩《たとえ》は間違ひなく市民の享《う》ける実感なのである。郊外に住んで一週間に一度宛東京の真中に出て来るといふ習慣をもつ一人の文士が一週間毎に受ける感覚の変化は、田舎の一年位に相当すると云つたのは、文士といふ特殊人の感覚の異常なるが為めではない。旺盛な注意力の所有者は誰でもそれに近いものを感得するに相違ないことであらう。「遊覧の東京」そのものがすばらしい速さで、たとへそれが末期的現象であれ、モダーニズムの方向へ向つて行進をつゞけてゐるといふことは、又一方に、「東京の遊覧」を同様に素敵な速さに導いてゐる所以《ゆえん》なのである。数年前に少くとも三日間を要した東京見物と称する名所旧蹟巡りを、今日では、その上に更に数ケ所を加へても猶一日中に、しかも陽《ひ》のあるうちに巡ることが出来るのである。近代文明は速度の文明だと云ふことを、東京見物はたしかに実証して見せてゐる。それは単に交通機関の整備といふことだけではなく、東京の生活そのものゝもつ早さの表現なのである。このモダーニズムをさして、快速力を以て進行する東京は果して何時、何処へ行きつくか？　それは「遊覧の東京」とは自ら別個の問題である。（「同」）

この「郊外に住んで一週間に一度宛東京の真中へ出て来る一人の文士」というのは、いまのぼくの生活そのまんまそっくりの習慣となっている。

ぼくは文士ではないけれど「快速力を以て進行する東京は果して何時、何処へ行きつくか？」は、平成のいまでもスピードはどんどん増して相変わらず誰もわからずじまいのままのようである。

亡国の音楽

「ジャズで踊ってリキュルで更けて　あけりゃダンサーの涙雨」（作詞・西条八十、作曲・中山晋平「東京行進曲」）は昭和四（一九二九）年の大ヒット曲。

このダンス・ホール隆盛の時代は昭和二年〜十五年までといわれる。それは日本が太平洋戦争に突入したからである。

昭和六（一九三一）年に起きた満州事変はくすぶりつづけ、やがて昭和十二年、中国との全面戦争に突入する。

『昭和家庭史年表』（河出書房新社）で、その昭和六年の「文化・レジャー」の項を見てみると、一月に「文部省がジャズ流行の対抗策として、全国五百万人の青年男女に〈郷土に適した新時代の歌謡や遊戯、その他の娯楽を創造しよう〉との呼びかけ」とある。

二月十九日、アメリカ映画『モロッコ』公開。字幕スーパーによる初のトーキー。

七月二十九日、神奈川県保安課、制服制帽の学生のダンスホール立ち入りを禁止。

八月一日、東京・帝国劇場で、わが国初の本格的トーキー映画『マダムと女房』公開。

八月十一日、この日開業の東京・丸の内食堂、昼食時に洋楽レコードをかける。ＢＧＭのはしり。

このころ、レコードブーム。

そして「この年」失業楽士のクラリネットを加えた和洋合奏の〝チンドン屋〟が登場。とある。

トーキー映画の出現で失職した楽士たちのことである。

昭和十三年、国家総動員法の公布による風俗取締強化。婦人・未成年者のダンスホール入場禁止。

昭和十四年、国民精神総動員委によるネオン、学生長髪、パーマネントなどの禁止。

昭和十五年、全国のダンスホール一斉閉鎖。

昭和十六年十二月、ハワイ真珠湾を奇襲、マレー半島に上陸、となる。

ここからジャズは亡国の音楽、敵性音楽として抹殺されていく運命になる。昭和十六年のアメリカは、すでにチャーリー・パーカー、ディズィ・ガレスピーのビ・バップの時代になっているころである。

作曲家・服部良一『ぼくの音楽人生』（日本文芸社）の回想記には次のようにある。

太平洋戦争と称された対米英戦争がはじまってすぐの十二月三十日、当局は米英音楽の追放を発表した。敵国の作品は、どのような名曲であろうと一切、演奏しても聴いてもいけないという命令だ。特にジャズは、敵性音楽の最たるものとして、目のかたきにされた。

翌十七年になると、「文化浄化」の名の取締りが強化され、横文字の使用が一切禁止された。レコードは「音盤」に変えられ、音階も「ドレミファソラシド」が「ハニホヘトイロハ」になった。ピアノは洋琴、バイオリンは提琴、サキソホンは金属製品曲り尺八、トロンボーンは抜きさし曲り金長喇叭《らっぱ》、コントラバスは妖怪的三弦……。ふざけて書いているのではない。本当の話である。

レコード会社も社名変更を強制され、二月から十月にかけて、コロムビアは『日蓄（ニッチク）』、ビクターは『日本音響』、キングは『富士音盤』、ポリドールは『大東亜』に、それぞれ改称した。テイチクはもともと『帝蓄』だったので、おとがめなし。

ディック・ミネは、すでに三根耕一となっており、バッキー白片は白片力、ミスコロムビアは松原操、レイモンド服部も服部逸郎の本名にもどった。

「ふざけて書いているのではない」と、わざわざ書かなければならないほどのひどさである。

さらに笠置シヅ子と淡谷のり子のエピソードがある。

灰田勝彦や笠置シヅ子は、派手に動きすぎると叱られ、ステージに白墨で一定の線を引かれて、その範囲であまり動かずに歌わなければならなかった。

ある日、

「先生、わてな、警察へ引っぱられましたんや」

笠置シヅ子が、しょぼしょぼ顔で訴えてきた。

「どうしたんだ?」

事情を聞くと、

「付けまつ毛が長いゆうて、それ取らな、以後歌っちゃあかんと言いよりますのや」

と、泣き出しそうになっていた。

淡谷のり子がマニキュアをぬり、濃い口紅で銀座を歩いていると、愛国婦人会の白タスキをかけたオバサンに呼びとめられ、

「この非常時に、ゼイタクは敵です」

と、文句をつけられた。

彼女は、ひるまず、化粧顔をぐっと突き出して、
「これは私の戦闘準備なのよ。ボサボサ髪の素顔で舞台に立てますか。兵隊さんが鉄カブトをかぶると同じように、歌手のステージでの化粧はゼイタクでありません」
と、啖呵《たんか》を切ったのも、このころのことだ。(『同』)

こんな時代にジャズは一体どうなっていったのだろうか。

『別冊一億人の昭和史』シリーズの『日本のジャズ』(毎日新聞社)に、当時(昭和十八年一月十四日)の「毎日新聞」の記事が掲載されている。

街からも家からも
米英音楽を一掃
整理音盤千余種を指定

というのが四段抜きの見出しである。さらに記事は、

情報局及び内務省では大東亜戦争が武力戦のみならず文化、思想の面においても米英を撃滅することが一切の根本であるとの見地から特に音楽部門でも米英色を一掃し、日本的ならしめるため戦争勃発直後、米英音楽及び音盤の指導取締に関しては

（一）わが音楽家をして敵国作品の演奏を行はしめざること
（二）これら音盤の発売に関しても厳重指示を與へること
をもって當面の措置として來ったが、今日に到るも巷間これら軽佻浮薄、物質至上、末梢感覚万能の國民性を露出せる米英音楽音盤を演奏するものが跡を絶たないので、今回断乎としてこれを禁止することになり、十三日情報局から『米英音楽作品蓄音機音盤一覧表』を発表、各府縣にも通達、日本ビクター、コロムビア、ラッキ、日本ポリドール、日本テレフンケン、テイチク等の音盤一千余枚をわが國で演奏することを不適當と認め整理することになつた。これはジャズ音盤の大部分を含むもので、この整理に當つては先づ所有者の自発的破棄を求めるが、場合によつては回収を断行することになつた。

とある。

この記事の元になった内閣情報局発行の「週報・三二八号」の「米英音楽の追放」を読むと、当時の日本の論理の小児病的な排外主義がありありと伝わってくる。

これは全文収録しておきたい。

大東亜戦争もいよ〳〵第二年を迎へ、今や国を挙げてその総力を米英撃滅の一点に集中し、是が非でもこの一戦を勝ち抜かねばならぬ決戦の年となりました。大東亜戦争は単に武力戦であるばかりでなく、文化、思想その他の全面に亘るものであって、特に米英思想の撃滅が一切の根本であることを思ひますと、文化の主要な一部門である音楽部門での米英色を断乎として一掃する必要のあることは申すまでもありません。

一掃せよ、米英音楽

情報局と内務省では、大東亜戦争の勃発直後に米英音楽とその蓄音機レコードを指導し、取締まるため、当面の措置として、音楽家に敵国作品の演奏をしないやうに方針を定め、また、これらのレコードの発売にも厳重な指示を与へたのでありますが、それにも拘はらず、未だに軽佻浮薄、物質至上、末梢感覚万能の国民性を露出した米英音楽レコードを演奏するものが跡を絶たない有様でありますので、今回さらにこの趣旨の徹底を期すため、演奏を不適当と認める米英音楽作品蓄音機レコード一覧表を作って、全国の関係者に配布し、国民の士気の昂揚と、健全娯楽の発展を促進することになりました。

今回の措置の対象は、差当りカフェー、バー、飲食店などで、これらの場所での演奏を、内務省が地方庁警察部を通じて取締ることになってゐますが、情報局、文部、内務両省が指導、監督に当ってゐる社団法人日本蓄音機レコード文化協会では、今回の措置に全面的に協力し、右の一覧表に該当するレコードを、蓄音機レコードの販売店から引上げ、また一覧表を販売店に配布し、備へ付けさせて、一般の方方の参考に供すると共に、進んで該当レコードを供出されようとする方に、斡旋の労をとることになってゐます。

供出を受けた該当レコードは、昨今不足勝ちなレコード資料の再生に用ひられます。供出は献納の形で無償で行ひ、各蓄音機レコード会社が払ふ代償を、陸海軍へ国防献金することになってゐます。

純音楽に米英作品は寥々

米英音楽の一掃といっても、純音楽の部門では、これまでわが楽壇で毎年演奏される曲目の大部分は、独伊両国の作曲家の作品であって、最近はフランスその他の国々のものが次第に演奏されるやうになって来たものの、米英系の作品が紹介、演奏されることは、殆んど皆無といってよいくらゐでした。

例へば、英人作曲家として我が国に紹介されてゐるものは、パーゼル、サリバン、エルガー、グレンヂャー、デリュウス、スコット、ウィリヤムス、ホルスト、グーセンス等でありますが、これらの作家も一般音楽愛好者には馴染み薄く、その作品も戦前全国を通じて、僅かに年に一、二回程度演奏されるのが関の山といった状態でした。

また米人作家も同様で、マクドウェル、ハーバート、カーペンター、スポルヂング等の名は紹介されてゐても、これらの作品が演奏される機会は絶無といってもよい程度でありました。従って、これらのレコードも発売されることは極めて少く、管絃楽曲にカーペンターの摩天楼や、マクドウェルとデリュウスの小品が四、五枚、ピアノにグレンヂャーの小品が二、三ある程度に過ぎません。

たゞ、行進曲の作家として著名なスーザの作品だけは、わが国でも数多く紹介され、また、これまでたび〳〵演奏されてゐましたが、彼の代表的作品は、「星条旗よ永久なれ」にしても、また「ワシントン・ポスト」「美中の美」「士官候補生」「雷神」にしても、いづれも米国人の士気を鼓舞し、米国人の精神を昂揚するものばかりで、これを今日、わが国で演奏することが不適当なことは申すまでもありません。

以上のやうなわけで、純音楽の部門では、米英の音楽を追放しても、殆んど何の影響もないといってもよいくらゐです。

ジャズ音楽の追放

米英系音楽としてわが国に輸入され、また最も多く一般に馴染まれたものは、何と言ってもいわゆるジャズ音楽と民謡調の歌曲とであります。

しかし、米国系音楽の代表とみられるジャズや、これに類する軽音楽の大部分は、卑俗低調で、頽廃的、煽情的、喧噪的なものであって、文化的にも少しの価値もないものでありますから、この機会にこれを一掃することは極めて適切であり、また絶対に必要なことです。

ジャズと、これに類する軽音楽が、こゝ十数年間に驚くべき勢ひで各方面に多大の悪影響を与へたことは、これまでもたび〳〵論ぜられて来たのでありますが、これらが聴けなくなっても、大衆音楽がなくなる心配はありません。むしろ浄化されるものと見るべきであります。

演奏不適当な主な曲

一世を風靡した「ヴァレンシア」、「ダイナ」、「アラビヤの唄」、「私の青空《マイ・ブルーヘブン》」を始め、一切の米英ジャズが、演奏不適当と認められたわけですが、以上の外「米英音楽作品蓄音機レコード一覧表」に記載されてゐる主な曲を挙げますと、次ぎのやうなものがあります。「堂々たる陣容」、「海辺のサセックス」、「支那の寺院にて」

「ミネトンカの湖畔」、「ロンドン・デリー」、「聴け雲雀を（ビショップ）」、「ミズリー河」、「カミン・スルー・ザ・ライ」、「ヤンキー・ドゥードル」、「ディキシーランド」、「スザンナ」、「アンニーローリー」、「ティペラリーの歌」、「アメリカの巡邏兵（アメリカン・パトロール）」、「懐しのケンタッキー」、「オールド・ブラック・ジョー」、「擲弾兵行進曲」、「ラヴ・イン・アイドルネス」、「野ばらに寄す（マクドウェル）」、「スワニー河」、「ラプソディー・イン・ブルー」、

「夜明けの三時」、「コロラドの月」、「ジプシーの月」、「林檎の木陰」、「ペーガン・ラヴ・ソング」、「峠の我が家」、「ラモーナ」、「チキータ」

「キャラバン」、「支那街」、「片思ひ」、「ロッキーの春」、「シャイン」、「メランコリー・ベビー」、「ドンキー・セレナード」、「ティティナ」、「リオリタ」、「バガボンドの唄」、「ローズ・マリー」、「ラヴ・パレード」、「乾杯の唄（スタイン・ソング）」、「ローロー」、「上海リル」、「タイガー・ラッグ」、「トップ・ハット」、「ピッコリーノ」、「ダーダネラ」、「サンフランシスコ」、「オールマン・リバー」、「スヰート・スー」、「ブルー・ムーン」、「アレキサンダー・ラグ・タイム・バンド」、「山の人気者」、「ショー・ボート」、「コンスタンチノーブル」、「月光価千金」、「スヰート・ジェ

ニイ・リイ」、「私のエンゼル」、「カロライナの月」、「ルイス」、「フー」、「ゲイカバレロ」、「マリー」

「赤い翼」、「ダンシング・イン・ザ・バーン」、「口笛を吹く牧童」、「口笛吹きと犬」、「谷間の灯ともし頃」、「ココナツ・アイランド」、「思い出」、「ジャニイ」、「ハッチャッチャ」、「ビールストリート・ブルース」、「ライムハウス・ブルース」、「シュガー・ブルース」、「セントルイス・ブルース」、「ワイキキ・ブルース」、「ワバッシュ・ブルース」、「ワンワン・ブルース」

「シボニイ」、「キャリオカ」、「ラクカチャ」、「ルンバ・タンバ」、「南京豆売」

「ハワイの唄」、「ブルー・ハワイ」、「ハワイの恋」、「ハノハノハワイ」、「リリウエ」、「アレコキ」、「レイ・フラ」、「ヒロ・マーチ」、「アロハ・オエ」、「アロマ」、「ハワイホテル」、「鳥の歌」、「マニヒメリ」、「アロハを唄ふな」、「ホノルルの月」

なほ、一覧表には「庭の千草」、「埴生の宿」のやうな題名がありますが、これはレコード会社の営業政策上、日本語名を使用したものであって、「ラスト・ローズ・オブ・サンマー」、と「ホーム・スヰート・ホーム」のことであり、あちらの歌曲として内容も外国語で歌はれてゐる輸入盤でありまして、この標題のものが日本語で歌はれてゐる場合は、これらの歌は学校でも歌はれ、長い間に日本的に消化され、国民生活の中に融け入ってゐるものでありますし、日本吹込の日本盤となりますので、今回の措置の範囲には入らないことは申すまでもありません。(『同』)

この一覧に載ってはいないが、この禁止令によって卒業式の「蛍の光」と「仰げば尊し」が追放されている。
その理由は「蛍の光」の原曲は英国民謡であり、「仰げば尊し」は、感傷的で、決戦下の少国民の巣立ちの歌としてはふさわしくないからだという。

代わりに歌われたのが、「海ゆかば」(作詞・大伴家持、作曲・信時潔)と、「見よ東海の空あけて」の「愛国行進曲」(作詞・森川幸雄、作曲・瀬戸口藤吉)であった。

年表を見ているとわかるが、当初はジャズはもっぱらダンス・ミュージックだったがラジオでもときどき放送され、映画館などにバンドが出演していたり、ダンス・ホールやジャズ喫茶も昭和十五年までは営業していたようだ。

それが戦況がどんどん悪くなるにつれ、統制がきびしくなり、改めてジャズ・レコードの演奏禁止、レコードの破棄、ジャズ風の生演奏も禁じられるようになっていった。

そして、ジャズは亡国の音楽、敵性音楽として完全に抹殺される。

昭和時代のはじめの十五年は、日本の軍部、右翼勢力が政治を右旋回させ、さまざまの口実やいいがかりをつけては中国に出兵、事実上領土侵略を行ない、英米の不信を買い、国際的に孤立していった時期で、国内的には言論、思想の弾圧、統制国家化が推し進められていた暗黒時代だったが、表面的にはわずかながら平和で自由な国民生活の一面があった。その残された平和と自由をダンスホールの興亡に象徴させるのは必らずしも適切でないかもしれないが、ダンスホールが栄えた時期が戦前最後の自由な時代であり、ダンスホールが一斉に閉鎖命令をうけ、灯を消した昭和十五年、日本人は言動の自由を失ったという意味で実に象徴的なのである。

ダンス（男女が組んで踊る社交ダンス）をたのしむという感覚、風習のなかった日本にダンスをする場所をつくって営業する、それは日本の良風を乱す好ましくないことだと考える軍人や役人、教育者が権力によってそういう場所を押しつぶしたのである。ダンスが良風を乱すと考える人間には、ダンスに奉仕する音楽ジャズも好ましからぬ音楽にきこえたにちがいない。

そういう気違いじみた人間たちがまだ、それほどのさばっていなかった大正十一年、大阪に日本最初のダンスホールがお目見得している。白系ロシア人の娘数人をホステスに置いてはやっていたバー「コテージ」がそれまでにあった小さな踊り場を拡げてダンスホールを兼ねたのがはじまりだった。（野口久光「昭和史にみる日本のジャズ〈前編〉」『別冊一億人の昭和史・日本のジャズ』）

「日本人は言動の自由を失った」（野口久光）が、その代わりにとにわかに「国民歌謡」というものが制定される。

加太こうじ「大衆芸術のながれ――のびぬ歌曲運動」（『日本の大衆芸術』社会思想社）から。

戦争による文化、芸術に対する官僚統制がきびしくなったのは昭和一二年の中日戦争以後である。芸術への官僚統制は一面においては芸術至上主義の打破と芸術の普及に役立っている。それは官僚の権力を芸術関係者が利用したからであるが数年のちには逆手をとられて官僚の思いのままに死地におもむかせられる結果を招来するのであった。これを歌曲に見ると国民歌謡の制定が目につく。

昭和一二年、官僚臭の強かったＮＨＫの大阪放送局が中心となって、健康でみんながうたえる歌として国民歌謡を制定して全国に放送した。曲目は島崎藤村・作詞、大中寅二・作曲『椰子の実』、藤村・作詞、小田進吾・作曲『朝』、北原白秋・作詞、長村金二・作曲『落葉松（からまつ）』、喜志邦三・作詞、内田元・作曲『春の歌』、三木露風・作詞、山田耕筰・作曲『ふるさとの』その他であった。これは毎日、昼どきの歌でもうたいたくなるような時間に放送された。たしかに健全で詩情のある歌であった。だが、虎造の浪花節を支持し、「馬鹿は死ななきゃ、なおらねえ」とうそぶく大衆は健全なものの押しつけを喜ばなかった。国民歌謡はあまり歌われないままに官製の軍歌に移っていった。

上海バンスキングの時代

こうしてだんだん住みづらくなってきた日本に息苦しくなり、あいそづかしをした人々が、続々と渡っていったのが上海であった。

ミュージシャンにとっては特に、アジアのジャズのメッカは上海であった。戦前にパスポートなしで手軽に行け、日本ではめったに聴くことのできないジャズが上海にはあった。

南里文男は昭和四（一九二九）年に上海に渡って、ピアノのテディ・ウェザフォードに師事し、本格的にジャズを学んだという。十九歳だった。

テディ・ウェザフォードは、シカゴでアール・ハインズと並ぶ名ピアニストであるが、彼もまたアメリカから出稼ぎにやってきていたミュージシャンの一人、ということである。

こうしたアメリカの一流ミュージシャンが大勢上海に渡って、いわば本場のジャズがここではたっぷり聴くことができた。

上海は当時別名〝東洋のパリ〟とも呼ばれていた。

明るいシャンデリア
輝くさかずき
麗しきジャズの音に
踊る上海リル
今日はこのお方と
明日はあの方と
悩ましき姿は
私の上海リル

昭和八年のコロムビア映画「フットライト・パレード」の主題歌「上海リル」である。

ジェームズ・キャグニーが演じるギャングが、リルという名の女を探し求めて上海にやってくるというストーリーであった。

上海ではジャズは「爵士」と書かれる。「爵士楽隊」がジャズ・バンドである。〝魔都〟上海、

〝不夜城〟上海とも呼ばれる。若きジャズマンたちが憧れないはずがない。

上海、そしてジャズといえば、やっぱりオンシアター自由劇場の「上海バンスキング」（斎藤憐作）がすぐに思い浮かぶ。

舞台も映画も最高に面白かった（初演昭和五十四年）。役者たちの演奏するジャズも、吉田日出子の唄にもシビれた。

劇は昭和十一年から二十年までの上海を舞台にした、日本人のジャズメンの夢と挫折の物語といってもいいだろう。日本がだんだんきなくさくなり、ダンスホールが閉鎖され、ジャズが亡国の音楽と呼ばれていくようになっていく時代の流れの中で、上海でジャズだけを生きがいにして生きていこうとする日本のジャズメンたちの物語であった。

モデルは南里文男だといわれるが、この新婚旅行でパリに行くはずが、上海にとどまりバンス（前借り）しながらその日その日を楽しく生きていければいいじゃないか、という主人公たちの設定は、どこか詩人の金子光晴と、妻の森三千代の話（「どくろ杯」）とも重なっているようにも思える。

また吉田日出子が劇中で歌う「貴方とならば I'm Following You.」は、三根徳一ことディック・ミネの作詞である（曲・D・ドライヤー）。

当時、長崎―上海の定期航路のあいだは、わずか一昼夜で、毎日午後に出ると翌日の午後の四時ごろにはもう上海に着いた。昭和三年、三等の運賃でわずか十八円。

その当時、SPレコード一枚一円五十銭。長靴五円二十銭。硬式の野球ボール二円。グローブ三円～七円。野球のバット五円。床屋五十銭。背広上下とワイシャツ一枚のクリーニング二円。グラ

ンドピアノ九百五十円〜千八百円。地下足袋一円五十銭。と、こんな感じである。（『値段の風俗史』朝日文庫）

やがてミュージシャンはもちろんのこと、日本で食いつめた日本人ダンサーたちも続々とやってくる。

村松梢風（一八八九〜一九六一）の『支那漫談』（改造社）に、その詳細が書かれてある。

上海には三百以上の踊り場があるさうだ。一流舞踏場は社交的に服装でも何でも厳《やかま》しいが、三流以下の踊り場となれば礼儀も作法も要《い》らない。只《ただ》酔つぱらつて女を抱いて踊つてゐればいゝのだ。

一時は其の階級にロシヤ女が踊り子として覇を唱へてゐたが、最近は日本娘がロシヤ娘にとつて替つて全盛を示してゐる。便船ごとに、日本を食ひ詰めたモダンガールがゾロ〳〵と上陸する。其の女達は十人が十人踊り子を志願する。日本では警察から睨まれ乍《なが》ら蓄音器ぐらゐでコソコソ踊つてゐたのが、上海へ来れば一流のジャズの音《ね》が響き渡る大舞踏場で、目色毛色の変つた紳士や船乗りやゴロツキや泥坊を相手に思ふ存分好きな舞踏がやれて、それで一晩五円とか十円とかお金が儲かるんだと聞いては、そこらのアブレ女が飛んで行きたがるのも無理はない。長襦袢のやうな派手な振袖を着たボツブの日本娘が、白昼アメリカのセーラーと腕を組んで歩いてゐる光景は上海以外では見られない。

上海のダンス場は大概夜の十時か十一時ごろから始まる。十二時過ぎにならなければお客が沢山入って来ない。

この村松梢風は、あの「東洋のマタハリ」と呼ばれていた川島芳子とダンス・ホール通いをしている。その背景には日本の国策とも実は深い関係があった。

昭和に入って続々とジャズメンが上海に渡っていったのには、日本の国策と深い関係がある。つまり、中国向けの輸出が大幅に伸び、日本資本が上陸、青島（チンタオ）に進出して大規模な会社、工場を建てた。そして、昭和三年（一九二八）六月には、関東軍が張作霖を爆殺、軍部に引きずられた日本政府が、対中国強硬路線を突っ走りはじめ、それを右翼大陸浪人、日本で食いつめた一旗揚げ組、特殊飲食店の経営者などが続々と上海、青島に渡っていったのである。自由都市、上海の繁華街には世界各国の人間が集まり、カフェー、キャバレー、ダンス・ホールが繁盛していた。（内田晃一『日本のジャズ史』スイングジャーナル社）

また、「上海は食いつめものの行き先であった」（金子光晴）。一旗あげに大陸を目指すところが満州なら、上海は、金子光晴がいうような食いつめもの、革命家、冒険者たちが、ひとときほとぼりを冷ましに行くところでもあった。

金子光晴自身も、妻の三千代とともに初めて大正十五（一九二六）年上海を訪れるが、彼らも三千代の不倫や、詩壇に居場所を失ったこと、貧乏をきわめた結婚生活などなどから「ほとぼりを冷ましに」やって来た食いつめものであることにかわりはない。

日本からいちばん手軽に、パスポートもなしでゆけるところと言えば、満州と上海だった。いずれ食いつめものの行く先であったとしても、それぞれニュアンスがちがって、満州は妻子を引きつれて松林を植えにゆくところであり、上海はひとりものが人前から姿を消して、一年二年ほどほとぼりをさましにゆくところだった。（中略）上海組は行ったり来たりをくり返して、用あり気な顔をしながら、なにもせず半生を送る人間が多かった。上海の泥水が身に沁みこむと、日本へかえってきても窮屈で、落着かないのだ。（『どくろ杯』中公文庫）

また次のようにも書いている。

青かった海のいろが、朝眼をさまして、洪水の濁流のような、黄濁いろに変って水平線まで盛りあがっているのを見たとき、咄嗟《とっさ》に私は、「遁れる路がない」とおもった。舷に走ってゆく水の、鈍い光にうすく透くのを見送りながら、一瞬、白い腹を出した私の屍体がうかびあがって沈むのを見たような気がした。凡胎を脱するとでもいったぐあいに、それを見送っている私があとにのこった。（『同』）

上海に「魔都」と名付けたのは村松梢風であるが、上海の魔力に取りつかれた「上海バンスキング」たちも同じ心境にあったのかもしれない。賢治が言っていた「修羅」と「法楽」の世界がここには生々とあった。

日本人の経営するダンス・ホールのバンドマンは、特に黒人が多かったようだ。つまり上海は人種のるつぼのような魔都であるだけに、英米（アングロサクソン）系、フランス系、ドイツ系、ポルトガル系、インド系、アラブ系、インドシナ系、白系ロシア系、それにナチスドイツに追われたユダヤ人の移民と多彩だが、こうした英米租界にくらべると、黒人たちは差別のない日本租界が一番居心地が良かったからのようである。

南里文男がそうだったように、こうした黒人の出稼ぎミュージシャンから日本人ミュージシャンは直接手ほどきを受け、めきめき腕をあげていったのである。

「上海のクラブでいくらか仕事をして日本に帰ると〝上海帰りのだれそれ〟というふうに呼ばれ、ジャズ仲間では一段とハクがついた」（内田晃一）という。

上海ではないが、昭和十二年、「天津」に渡った金子光晴のリアルな体験記がある。


僕は中央公論社の畑中繁雄《はたなかしげお》のすすめもあって、この目で戦争をたしかにながめてきてからでなければだめだという気がしてきた。そこで、日支事変勃発の一九三七年の、十二月二十四日というおしつまったときになって、化粧品会社の商業視察という名目をつくり、妻同伴で北中国に渡る手続きをとった。船は、神戸を出航した。軍人を積んだ輸送船に便乗させてもらうので、待遇は荷物並みだ。ござを敷いた板張りの上に、三百人ぐらいの民間人が鮨《すし》詰めになっていた。足を折ったらもう伸ばせず、左向きに寝たら右に寝返りはできないという窮屈さのなかに、二人はむりやりに体を割りこんだものだった。（中略）

船の食堂が、かえってすいているので、僕等はストーブのそばにしがみついていた。すると、遠くの席から、こちらに目をつけた、狆《ちん》のような顔の男が、じりじりと近寄ってきて、こちらの渡航の目的だとか、本籍、職業と、うるさく質問してくる。船つきの刑事だとすぐわかった。一日じゅうねばって、僕から何も聞き出せないとわかると、遠くのほうへ離れてからも、まだ未練らしく、じろじろとながめている。船が塘沽《トンクウ》に着くと、彼は姿を消した。

港は、泥水の上に氷が浮いて、泥で固めただけの家が岸に並んでいた。はじめにまず、兵隊たちが降りた。それから民間人が降りてもよいという許しが出た。女子ども連れや、年寄りまで、一家総勢の組が多かった。戦争のどさくさにまぎれ、おこぼれの幸運にあずかって一旗あげるつもりでやってきた連中らしい。ほかに、内地とのあいだを行ったり来たりして、慣れきっているようなのもいた。しゃべっている言葉を聞いていると、長崎訛《なま》りでなければ、関西弁であった。前線を稼ぎ場にしてやってきたらしい女給か、ダンサーのような女の一人旅もいた。

東京にいて日ごろふれあっているような人たちとは、まるで肌ざわりがちがう。男、女によらず、彼らは、戦争というものと密着し、利害をいっしょにし、抜差しならない、ぴんと張りつめたもので結ばれあい、運命をともにしているように見えた。うっかりすると、この戦争は、この人たちのために始まったのではないかという気さえしてくる。

船底から、太い綱をかけて引き上げる荷物を、羽織袴《はかま》で、いかめしい口ひげだけははやしているが貧相な老人が、ひどい九州弁で、あれこれと指図《さしず》をしていた。マレイでたずねた女衒《ぜげん》の親方と、そっくりな雰囲気を身につけていた。料亭か、やはり女郎屋のような稼業《かぎょう》の老主人らしい。

(中略)

天津《てんしん》は、気違い騒ぎだった。すでに、そこにあつまってきているおびただしい数の日本人は、火事場どろぼうであり、侵略した中国をどこからかぶりつこうかと、下見に来た連中であった。大阪の道頓堀《どうとんぼり》から進出してきた大きなキャバレーは、夜も昼もなく、そういう連中で芋《いも》を洗うようであった。酒と女の渦《うず》巻きのなかで、浮きつ沈みつしながらの商談である。前線から交代してきた若い将校たちは、蒙古《もうこ》帽《ぼう》と泥靴で、傍若無人にふんぞり返り、鯨飲《げいいん》し、気にさわれば何をするかわからない剣幕なので、客のなかには、こそこそ逃げ腰になるものもあった。

日本の有名なデパートも店を開いて、姑娘《クーニャン》たちが、片言《かたこと》の日本語で、愛嬌《あいきょう》笑いをふりまいていた。目ぬき通りの店は、日本の雑貨や、みやげもの店まで軒を並べ、まるで日本の町を歩いているようであったが、それよりも目にたつのは、日本の料亭や、一杯飲み屋、喫茶店、バー、おでん屋などのごみごみした商売と、町をうろうろしているぽん引きや、ばくち打ちふうな、怪しげな連中であった。(金子光晴『絶望の精神史』光文社)

昭和十二年というと、日中戦争が始まった年である。そして昭和十六年、第二次世界大戦に入る。もう一度『昭和家庭史年表』の昭和十七年〜昭和二十年「文化・レジャー」の項を抜き読みして、この戦意高揚の時代が、どう動いていったのかをもう少し再確認しておきたい。

昭和十七年一月二十二日　新潟署、戦時交通の支障になるからと街頭での遊び追放に乗り出す。

三月六日　真珠湾特別攻撃隊に関する大本営発表の放送に、『海ゆかば』のレコードが使われる。

十二月十五日、大政翼賛会が、国歌に次ぐ国民歌に指定。

四月十八日　東京後楽園球場での巨人VS黒鷲の試合、米軍初の本土空襲により試合前の練習のみで中止となる。

七月二十六日　鳥取県警本部、戦中における農村の娯楽として盆踊りを奨励、八月十四～十六日の間、午後十一時までを許可。ただし、「男女の野合を廃し、指導性文化をもたせること」との条件つき。

九月　京都植物園が「外国語を一掃し、日本語に帰れ」と、シクラメンを篝火《かがりび》草、コスモスを秋桜、プラタナスを鈴懸樹《すずかけのき》など、同園の花木草一万余を日本語名に変更。

十二月二十二日　大日本言論報会が設立される。

十二月　米英楽曲の放送が禁止される。

この年　五万分の一地図は秘密扱いとなり販売禁止。

昭和十八年一月十三日　内務省情報局、ジャズなど米英の音楽約一〇〇〇種の演奏・レコードを禁止。

一月　陸軍省、雑誌表紙に「撃ちてし止まむ」の標語掲示を要求。二月二十三日、標語ポスター五万枚を町内会に配布。
一月　文部省が推薦音盤（レコード）を音楽だけでなく、浪曲や朗読にまで広げることに決定。
三月一日　スポーツ用語が日本語化。野球の「アウト」は「ひけ」。ラグビーは闘球、ゴルフは打球に。なお、野球の隠し玉は武士道に反すると禁止。
六月二十六日　警視庁、「盆の帰省をやめて工場で盆踊りを」と呼びかけ。
七月　大政翼賛会が音楽移動報国挺身隊を結成し、国民歌唱運動を展開。

昭和十九年三月四日　宝塚歌劇団、この日限りで休演。最終公演にファンが殺到し、警官隊が抜刀して整理。五日以降、日劇ほか全十九の劇団も無期限休業。
四月一日　アメリカ型楽器編成の楽団禁止。スチールギター・バンジョー・ウクレレ・ジャズ用打楽器の使用禁止。
五月　東京宝塚劇場・日本劇場が、陸軍の風船爆弾工場に。
十一月　戦争で楽器生産に停止命令。日本楽器（現・ヤマハ）、河合楽器も、航空機部品の製造に。

昭和二十年三月　レコード会社が電波兵器工場に切り替わる。
四月一日　ラジオ放送の時間短縮。昼はニュースだけ。『学校放送』も休止。
八月十五日　敗戦。

賢治の明るいジャズの詩から始まった日本のジャズが、いつのまにか退廃・亡国の音楽といわれるようになり、再びジャズが、平和と自由の音楽としてよみがえってくるのには、昭和二十年九月二十三日、ダグラス・マッカーサーの率いる占領軍（ＧＨＱ）放送のラジオＡＦＲＳから流れてくるジャズを待たなければならなかった。

あとがき

自分があの「雨ニモマケズ…」の詩人、宮澤賢治について書くようになるとは、これまで想像もつかなかった。

ところが「〈ジャズ〉夏のはなしです」、そして「岩手軽便鉄道　七月（ジャズ）」の二篇の詩に出会ってからその事情は一変した。

それから宮澤賢治の詩を熱烈に愛読するようになった。

さらに「賢治百年祭」（一九九六）でわきたっていた花巻に出かけ二泊三日の旅をしてみて、あらためて宮澤賢治という詩人、童話作家にますます親近感を深めている自分に気がついた。それは宮澤賢治の作品に通底している「音楽」の深い魅力に気づいてからに他ならない。

「音楽」とは、巻頭に挙げた「ジャズ」の詩にかぎった話ではなく、賢治の多くの作品に鳴り響いているリズム、メロディ、イントネーションに、それまでに自分が好んで聴いていたさまざまな音楽と同質の共鳴をしているということにも気づき、驚かされた。

この「質感」を一口で説明するのはとてもむずかしいのだが、たとえば何十年も通いつづけてきたジャズのライブ・ハウス、新宿「ピットイン」での、たくさんのミュージシャンたちとの出会いによって培われてきたものとそれが同じ質のものであることなのは確かである。

あえてそれが「ジャズ」なのだときめつける必要はないが、賢治の作品群に、ここで得たライブ演奏の体験に似た「音楽」性を見出して感動をしている。

本書は、宮澤賢治の詩から始まって行く「ジャズの日本史」として計画され、書かれたものであって、けっしてストレートな「宮澤賢治論」でも「ジャズ論」でもないが、その二つを結ぶ世界が、そのジャンルの違いを超えて、思いがけないほど共通していることが多いのに驚かれたのではないだろうか。

ジャズの日本史は、まだまだ後半の時代へと続くので、今度はそのままイコール自分の半生史ともなるはずの「戦後篇」も、これからしっかりと調べてぜひ書いておきたいなと、いま思っている。

二〇〇九年五月

奥成　達

著者略歴
一九四二年東京生まれ
タウン誌編集長などを経て、現在青山学院大学講師
詩人・エッセイスト

主要著書
「定本ジャズ三度笠」（冬樹社）
「深夜酒場でフリーセッション」（晶文社）
「遊び図鑑 いつでもどこでもだれとでも」（福音館書店）
「昭和こども図鑑」（ポプラ社）他

宮澤賢治、ジャズに出会う

二〇〇九年六月二〇日 印刷
二〇〇九年六月三〇日 発行

著者 © 奥《おく》 成《なり》 達《たつ》
発行者 川村雅之
印刷所 株式会社 理想社
発行所 株式会社 白水社

東京都千代田区神田小川町三の二四
電話 営業部〇三（三二九一）七八一一
編集部〇三（三二九一）七八二一
振替 〇〇一九〇―五―三三二二八
郵便番号一〇一―〇〇五二
http://www.hakusuisha.co.jp
乱丁・落丁本は、送料小社負担にてお取り替えいたします。

松岳社 株式会社 青木製本所

ISBN 978-4-560-08003-0

Printed in Japan